무대 뒤에 사는 사람

무대 뒤에 사는 사람

관객과 예술가 사이에서 공연기획자로 산다는 것

초판 1쇄 발행 2025년 3월 2일

지은이 이성모

일러스트 최주은
편집 김은이, 최일규
디자인 박정민

펴낸곳 오르트
펴낸이 정유진
전화 070-7786-6678
팩스 0303-0959-0005
이메일 oortbooks@naver.com

ISBN 979-11-976804-6-5 03810

무대 뒤에 사는 사람

관객과 예술가 사이에서
공연기획자로 산다는 것

이성모 에세이

오르트

프롤로그

내겐 대학 시절부터 지금까지, 이십여 년 동안 우정을 지키고 있는 친구 넷이 있다. 삼십 대 중반까지는 그래도 만날 때마다 각자의 꿈과 삶의 목표, 결혼관, 미래, 사회 등 나름 진취적이고 영양가 있는 대화를 나눴던 것으로 기억한다. 그런데 사십 줄을 넘기고서는 조금 달라졌다. 우선 만나자마자 술집으로 들어간다. 2차도 역시 술이다. 3차는 국밥…에다가 또 술이다. 안주는 주식 얘기로 고정이다. ○○전자가 어떻고, ◇◇자동차는 빨리 처분해야 할 것 같고, 감자가 어떻고 증자가 어떻다는. 감자 얘기가 나왔을 때 감자전 생각을 했는데, 분위기를 보니 그

감자 얘기가 아니었다. 도통 알 수 없는 얘기들이 오가는 가운데 내가 먹을 안주는 보이지 않았다. 그렇게 꿔다 놓은 보릿자루처럼 있다가 그들이 웃으면 같이 웃고 한숨을 쉬면 힘내라는 말을 해 줬다.

내가 재수를 해서 분명 나이가 한 살 더 많은데 친구 A는 벌써 머리가 하얗게 변했다. 일부러 회색으로 염색한 거냐고 물었다가 물싸대기를 맞을 뻔했다. 대학 때 아기처럼 뽀얀 피부로 유명했던 B는 이마에 주름이 자글자글했다. 리프팅 시술 견적을 알아보고는 주식을 좀 처분할까 고민 중이라고 했다. 그런 시술을 받더라도 그리 차도가 있을 것 같지는 않아 보였다. C는 요즘 눈이 잘 안 보인다고 했다. 딸이 보낸 카카오톡을 보기 위해 핸드폰 든 손을 저만치 앞으로 뻗은 다음 턱을 목에 붙여 검은자를 눈 위쪽으로 최대한 보낸 자세를 하고 폰을 노려보았다. 좀 무섭다는 생각이 들었지만 그래야 글자를 읽을 수 있다고 했다. 가장 안타까운 건 D다. 꽤 많던 D의 머리숱은 이제 듬성듬성해졌다. 생각해 보면 지난번 뜨거운 여름에 만났을 때 D는 별로 더위를 타지 않았던 것 같다. 아무래도 가벼워진 머리 때문이 아니었을까.

친구들은 세상의 온갖 스트레스를 모두 짊어진 것마냥 쓰디쓰게 소주를 입에 털어 마셨다. "크으으, 쓰다!" 하면서. 내가 머리 색깔 이야기를 하는 바람에 대화 소재가 오랜만에 주식을 벗어났다. 간만에 온 이 기회를 잡아야 내가 대화에 낄 수 있을 것 같아 열심히 말을 했다. 그 와중에 친구들의 기분 좋은 말이 귀에 꽂혔다. "우리 중에는 성모 니가 제일 젊다. 생각도 젊고." "인정! 그래. 제일 안 늙었어. 잘 웃어서 그런가." "걱정이 없어서 그런가?"

걱정이 없다고? 아이고, 이 친구들 모르는 소리 하네. 금방 닥쳐올 직원들의 급여일, 늘 부족한 행사 운영비, 곧 있을 입찰에 대한 수백 장의 기획안, 제안서, 서류 준비…. 그러는 와중에 한마디가 또 들려온다. "저 새끼는 지 하고 싶은 일 하면서 살잖아. 딴따라!"

이십년지기들의 농담 섞인 진담, 아니 진담 섞인 농담이 기분 나쁘게 들리지 않았다. 내가 가장 덜 늙었다니, 그저 좋았다. 딴따라라는 비하조차도. 사실 딴따라 맞지 뭐. 남을 즐겁게 해 주는 사람을 낮추어 부르는 말이라기에 함께 일하는 동료들에게는 절대 쓰지 않는 단어지만, 누군가가 나에게 해 주는 그 표현을 들으니 뭔가 프로로 인정받았다는 생각이 들면서 결코 불

편하지 않았다. 오히려 머릿속에는 계속 이 말만 맴돌았다. '넌 네가 하고 싶은 일을 하잖아.'

A의 꿈은 탐험가였다. B는 아나운서가 되고 싶어 했고, C는 카레이서, D는 파일럿을 꿈꿨다. 하지만 지금은 대기업에 다니고, 은행에 다니고, 공기업에 다닌다. 따박따박 나오는 월급을 받으면서. 갑자기 뭔가 재수 없게 느껴져서 "이 좌식들~" 하려다가 참았다. 그래도 친구들의 얼굴을 보고 있으면 그냥 기분이 좋아진다. '참자. 얘네들은 늙었잖아. 많이.' 그러곤 친구들에게 물어보았다. "만약 너네가 하고 싶었던 일을 했으면 지금 좀 덜 늙었을까?"

친구들은 하나같이 그랬을 거라고 대답했다. 그러니까 내가 덜 늙은 이유는 하고 싶은 일을 하고 있어서였다. 친구들은 내가 하고 싶은 일을 할 수 있었던 비결로 다른 사람들보다 용기가 좀 더 많아서라고 이야기해 주었다. 논리적으로 맞는 건지는 잘 모르겠지만 결과적으로 나는 용기가 있어서 덜 늙은 거라는 말이다.

나는 중학교 시절부터 공연기획자가 되고 싶었다. 사실 그때는 공연기획자라는 직업명을 몰랐기에 정확히 말하면 '룰라 콘

머릿속에는 계속 이 말만 맴돌았다.
넌 네가 하고 싶은 일을 하잖아.
그리고 친구들에게 물어보았다.
만약 너네가 하고 싶었던 일을 했으면
지금 좀 덜 늙었을까?

서트 같은 걸 만드는 사람'이 꿈이었다. 그리고 정말 공연기획자가 되었고, 이제 19년째 공연기획을 하고 있다. 난 대체 어떤 운명을 가졌길래 어렸을 적 꿈꾸던 일을 직업으로 삼아 지금까지 하고 있을까. 공연기획자가 되어 무엇을 하고 싶었던 걸까. 이 책은 내가 스스로에게 해 왔던 질문에 대한 답이기도 하다.

언제부턴가 셰프들의 TV 출연이 잦아졌다. 그래서인지 지금 우리는 셰프라는 직업이 낯설지 않다. 셰프라는 말을 들으면 떠오르는 이미지들이 있고, 그들을 소재로 한 영화나 드라마도 여럿 만들어졌다. 그리고 이제는 아무도 셰프를 주방장이나 조리장이라고 지칭하지 않는다.

공연기획자에게는 아직 이런 기회가 없었다. 공연이나 행사에서 제일 보이지 않는 어딘가, 즉 관객과 가장 먼 거리에서 역할을 하니 세상에 드러날 리 만무한 직업이다. 친구들의 표현대로 용기가 있어야 선택할 수 있는 직업이 맞는 것도 같다. 공채가 있는 것도 아니고 관련된 국가 공인 자격증 시험이 있는 것도 아니며 학문적으로 깊이 연구되지도 않은 척박한 분야니까.

AI가 작곡을 하고 글을 쓰는 시대, 한 달에 1만 원 정도만 내면 슈퍼스타가 출연하는 영화나 드라마를 얼마든지 볼 수 있는 시대에 이 책이 공연기획자의 모습을 대중들에게 알려 주는 계기가 되기를 바란다.

이성모

차례

1막

모든 것은
룰라 콘서트에서
시작되었다

연극 〈국화꽃향기〉
무대디자인 박미란

중학교 1학년 때, 꽤 오랫동안 했던 운동을 그만두고 한참을 방황했다. 친구들과 즐겁게 교류하지도 못했고, 무언가에 위축된 것처럼 잘 웃지도 못했다. 지루한 하루하루를 억지스럽게, 나태하게 보냈다. 실로 내 인생에서 가장 엉망진창인 시기였다.

운동을 그만두니 갑자기 살이 쪘다. 내가 다니던 학교 운동장 단상 아래쪽에는 큰 거울이 있었는데, 어느 날 그 거울을 보고 큰 충격을 받았다. 거울에는 뒤뚱거리며 뛰는 내가 있었다. 운동을 할 때의 날렵한 몸은 온데간데없이, 커다랗고 검은 고구마 같은 게 움직이는 모습이었다. 발을 땅에 디딜 때마다 출렁이는 살이 스프링처럼 튕기는 모습이 참 못나 보였다. 밖에 나가는 것뿐만 아니라 주변의 모든 걸 귀찮아했으니 그랬을 것이다.

지금 돌아보면 당시의 나는 우울했던 것 같다. 만약 병원에 갔다면 우울증 진단을 받지 않았을까? 참 무서운 건 그 시절 내가 습관처럼 했던 혼잣말이다. '인생이 다 이렇지 뭐, 이렇게 살다 죽는 거지.' 중학교 1학년생치고 너무 빨리 뭔가를 알고 포기한 것 같은 이 말은 주변의 여러 사람을 당황하게 만들었다. 친구나 선생님들은 누구도 나를 붙잡아 주지 않았다. 누가 붙잡아 주기엔 너무 갑갑한 고구마였다.

그러나 우리 엄마는 나를 포기하지 않으셨다. 엄마는 시간이 날 때마다 나를 데리고 여기저기를 다니셨다. 그도 그럴 것이 초등학교 시절 친구들이 놀이공원, 박물관, 해수욕장 등으로 놀러 갈 때 나는 수영장에서 고무 재질의 오리발로 허벅지를 맞아 가며 운동만 했다. 따로 말씀은 하지 않으셨지만 엄마는 '운동하느라 데려가지 못했던 곳을 전부 데려가 줄게.'라는 결심을 하신 것처럼 영화관, 농구장, 야구장, 불국사 등 정말 많은 곳을 데려가 주셨다. 공부도 잘하지 못하던 나를 학원이 아닌 이런 곳에 먼저 데려가신 우리 엄마. 지금 생각하면 참 대단하시다.

*

그러다가 엄마가 실수를 하셨다. 모 놀이공원에서 열린 룰라 콘서트에 나를 데려가신 것이다. 그때 나는 정말 다른 세상을 만났다. 룰라의 공연을 보는 관객들 모두가 한마음으로 소리를 지르고 노래를 부르고 안무를 따라 했다. 의자가 있었지만 아무도 앉지 않았다. 아, 딱 한 분 앉아 계셨다. 우리 엄마.

모두가 좋아하는 가수가 무대에 있고, 객석에 있는 관객은 무대 쪽으로, 무대에 있는 가수는 객석 쪽으로 끊임없이 무언가를 주고받았다. 분명히 알 수 없는 무언가가 오고가는 경험이었다. 그 사이에 내가 있었고 내게도 무언가가 들어왔다. 주변 모든 사람의 에너지가 룰라에게 전달되는 와중에 그 일부가 내 몸에 주입되는 것 같은 느낌이었다. 운동을 그만둔 이후 가장 크게 입을 벌려 턱이 아프게 웃었던 그 순간, 나는 꿈이 생겼다. '룰라 콘서트 같은 걸 만드는 사람이 되고 싶어.'

다른 세상에 와 있는 것 같았다. 선택할 수만 있다면 계속 그 새로운 세상에 있고 싶었다. 룰라의 쇼가 끝나고 다들 놀이 기구를 타러 흩어져 나갈 때 난 그 자리에 앉아 멍한 표정으로 엄마에게 물었다.

"엄마, 이런 건 누가 어떻게 만들어?"

"입 뒀다 뭐 해? 네가 저기 가서 물어봐."

엄마는 스태프들이 모여 있는 곳을 가리키셨다. 지금 생각해보면 음향과 조명을 컨트롤하는 부스인데, 그땐 거기를 뭐라 불러야 할지 엄마나 내가 알 리 없었다. 떨리는 걸음으로 다가가니 두꺼운 전선을 막 어깨에 감으면서 뭔가를 분주하게 정리하는

"저…, 아저씨가 이거 만드신 거예요?"
"난 그냥 연출가일 뿐이고, 나 혼자 하는 거 아냐. 저 사람들이랑 다 같이 만드는 거야."
"아…, 연출가…. 연출가 아저씨, 연출가가 되려면 뭘 어떻게 해야 돼요?"

분들이 계셨다. 나는 용기를 내 그분들께 물었다.

"이런 콘서트는 누가 만드는 거예요?"

앞에 계신 아저씨가 답변 대신 누군가를 손으로 가리켰다. 빨간 모자를 쓰고 팔짱을 낀 채 여기저기를 날카롭게 보고 계시는 한 분을. '우리 아버지보다 멋이 없네. 우리 아버지는 맨날 멋진 양복을 쫙 빼입으시고 넥타이를 하시고 반짝이는 구두를 신고 출근하시는데.' 아버지가 내 우주의 전부이던 그때 양복을 입지 않은 사람은 왠지 사회적 등급이 낮아 보였다. 내 식견은 고작 그 정도였던 거다.

"저…, 아저씨가 이거 만드신 거예요?"

"뭐를?"

"이거요. 룰라 콘서트요. 지금 한 거요."

"누가 그래? 내가 만들었다고?"

"저기 저 아저씨들이요."

"난 그냥 연출가일 뿐이고, 나 혼자 하는 거 아냐. 저 사람들이랑 다 같이 만드는 거야."

"아…, 연출가…. 연출가 아저씨, 연출가가 되려면 뭘 어떻게 해야 돼요?"

연출가님은 까까머리 중학생의 어이없는 질문에 좀 난감하셨었나 보다. 뭐라 설명해도 못 알아들을 내게 그분은 이렇게 답변해 주셨다.

"아…. 그러니까, 콘서트 하나를 연출하면 연출가가 되지."

진짜 대답하기 싫었나 보다. 어떻게 하면 연출가가 되냐고 물었는데 연출가를 하려면 연출을 해야 한단다. 그러면 연출가가 된단다. 대체 무슨 소리야. 무슨 말 같지도 않은 소리를 한다고 생각하는데, 엄마가 저 멀리서 물으셨다.

"뭐라셔?"

"몰라요. 이 아저씨가 연출가신데, 연출을 하면 연출가가 된대요."

*

엄마가 있는 곳으로 되돌아가다가 멍한 표정으로 엄마에게 내 꿈을 얘기했다.

"엄마, 나도 연출을 할래요."

"연출이 뭔데?"

"그, 룰라 콘서트, 저런 거 만드는 거요."

잠시 침묵이 흘렀다. 엄마는 자리에서 일어나시며 이렇게 말씀하셨다.

"그러게 왜 바쁘신 분들한테 가서 귀찮게 하냐?"

직접 가서 물어보라고 말씀하신 건 엄만데. 다시 한 번 얘기하지만, 우리 엄마 참 대단하시다. 그런데 연극과 뮤지컬을 십수 년 하고 나서야 알았다. 그때 그 빨간 모자 아저씨가 해 주신 대답이 지극히 완벽한 정답이었다는 것을.

'혼자 만드는 게 아니다. 다 같이 함께 만드는 거다.'

물 아래 잠겨 있다가 물이 빠지면 점차 선명한 자기 모양이 드러나는 모래 위 불가사리처럼 그렇게 선명해진 내 삶이 있기에, 내가 사랑하는 이들이 함께하기에. 내 일, '공연'이 좋다.

1장

초능력자들과 대화하는 사람

30여 년 전 나온 만화를 토대로 만들어져 2023년 개봉한 애니메이션 〈더 퍼스트 슬램덩크〉. 수백만 명의 관객을 동원했지만 나는 좀 아쉽게 느껴졌다. 내가 좋아하는 대사가 나오지 않았기 때문이다. 〈슬램덩크〉에서 내가 가장 좋아하는 대사는 변덕규가 한 말이다.

"내가 팀의 주역이 아니라도 좋다!"

공연기획 일을 시작하고 변덕규가 말한 저 대사에 담긴 감정을 느끼는 데는 상당한 시간이 걸렸다. 고백하건대, 주목받고 싶다는 생각을 했던 적이 있었다. 아니, 내가 가진 돈을 다 털어

내는 걸로 모자라 자산과 능력을 담보로 힘들게 자금을 만들어 공연을 하는데 주목을 받지 못하다니! 공연 일을 배워 독립 후 첫 작품을 올릴 때는 이런 생각이 아주 강했다. 일간지나 문화지에서 인터뷰 요청이 오는데, 그 대상이 내가 아닌 연출가나 작곡가일 경우에는 솔직히 섭섭했다. 물론 내가 기자였어도 나를 인터뷰해야 할 이유는 전혀 없었다. 당시 연출가님은 한국뮤지컬어워즈에서 연출상을 받으신 분이었고, 작곡가님은 방송에서 얼굴을 꽤 많이 알린 아주 잘생긴 피아니스트였다.

시간이 지나면서 생각이 달라졌다. 나이를 먹으면서 마음이 넓어졌다거나 이런 상황에 익숙해져서 섭섭함을 느끼지 않았다는 등의 차원이 아니다. 관객들에게, 또는 일반 대중에게 작품을 잘 알리거나 작품성과 예술성을 어필하는 데에 공연기획자의 생각과 의도보다 연출가와 배우들, 즉 예술가들의 이야기가 더 도움이 된다는 걸 알게 되었기 때문이다. 예를 들어 늘 다양한 캐릭터로, 다양한 직업과 성격을 가진 인물로 분하는 배우들이 이번 작품에서는 어떤 마음으로 참여를 했는지, 참여하며 지금까지와는 어떤 차이점을 느끼고 무언가를 배웠는지 같은 이야기들이 그렇다.

이런 생각은 모 작품의 프레스콜을 진행하면서 더 짙어졌다.

배우들과 연출가, 내가 함께 무대에 서서 기자들의 질의응답을 진행했는데, 배우와 스태프 들이 하는 이야기를 가만히 들어 보니 결국 모두 내가 하고픈 이야기였다. 당연히 그렇지. 내가 연출가, 작가, 작곡가, 배우들을 만나 작품을 통해 하고픈 이야기를 설명하고 설득해 프로덕션을 꾸려 모였으니.

공연기획자는 이렇게 대중의 눈에 띄지 않아도 괜찮다고 생각하는 사람이다. 어떤 멋진 건물에 갔을 때, 그 건물의 설계자가 보이지 않는 것과 비슷하다. 근데 그럼 나는, 기획자들은 대체 무엇으로 사는가?

공연기획자는 관객이 행복해야 행복해지는 사람이다. 그리고 함께하는 스태프와 배우가 행복해야 행복해지는 사람이다. 다시 말해 배우들이 연기로, 스태프들이 각자의 전문 영역에서 관객을 즐겁게 해 주듯, 공연기획자는 관객을 위해 최선을 다하는 배우와 스태프 들에게 감동을 주고자 노력하는 사람이라는 것이다. 한 작품을 무대에 올리기 위한 제작비를 책임져야 하는 부담보다는 예술가들을 행복하게 만들어야 한다는 책임의 무게를 더 크게 느끼는, 그렇기에 이 부분에 대해 더 고민하고 신중할 수밖에 없는 기획자는 당연히 공연의 주역이 아니며, 끊임없이 합리적이면서도 무모한 선택을 해야 하는 사람이다.

책임은 내가, 주인공은 네가

공연기획자는 매사에 신중하려고 애쓴다. 물론 당연히 신중해야 한다. 하지만 때로는, 아니 종종, 아니 자주 그러지 못하는 선택의 기로에 그 어떤 콘텐츠의 기획자들보다 많이 선다고 나는 생각한다. 공연의 기획과 제작, 실행의 모든 과정에서 '사람'을 곁에 두고 해야 하는 이 판단은 참 단순하고 쉬우면서도 미묘하다.

2011년, 연극 〈국화꽃향기〉 초연을 마친 후 자그마한 가능성을 발견해 준 모 투자사 덕에 감사하게도 2012년 시즌 2 공연을 할 수 있었다. 같은 공연을 2년 연속으로 진행하게 되니 인지도와 동력이 생겼다. 물론 영화 〈두사부일체〉의 여주인공이었던 오승은 배우님의 합류가 가장 큰 역할을 했으리라고 생각한다. 몇 군데에서 이벤트 공연을 요청받아 공연하기도 했고 교육청, 도서관, 백화점에서도 공연 요청을 받았다.

그래서 시즌 2는 시즌 1보다 좋은 결과가 있었다. 적자 폭이 줄었다. 이익이 난 게 아니라 적자 폭이 줄었다. 즉 우리 기획팀이 열심히 노력했고 함께한 모든 예술가가 최선을 다했기에 행복하고 재미있는 작업이었던 건 분명했으나 결과적으로는 세무적으로도 회계적으로도 분명한 2년 연속 적자였다. 신중했어야 했다. 우리가 제작한 작품의 미래 가능성에 대해. 그리고 장면의 수정 보완 계획과 캐스팅 계획, 마케팅과 홍보 전략이 적절했었는지 신중히 따져보았어야 했다.

더 큰 문제는 시즌 3에서였다. 점차 실적이 나아지고 있으니 이번에는 투자사 없이 우리가 직접 해 보자고 했다. 공연의 인지도도 높아졌고 다양한 방면에서 예산을 절감했으니 이번에는 반드시 이익이 나지 않을까 기대했었다. 그러나 마치 작은 나룻배가 거친 파도를 만난 것처럼 요동쳤다. 작은 것 하나하나를 절감하려는 노력은 직접적인 노동과 시간을 필요로 했고, 이로 인해 여러 결정을 주저할 수밖에 없었으며, 중요한 요소들이 딜레이되면서 전체적인 진행이 원활하지 못했다. 그리고 함께하는 배우와 스태프 들은 여러모로 불안함에 사로잡혔다. 약속된 개런티를 받지 못할 수도 있다는 수준의 불안함을 넘어 빈 객석이 훨씬 많은 공연장을 보며 배우와 스태프 들이 느꼈을 스트레스나 자괴감은 감히 내가 상상하기 어렵다.

하루하루 그 걱정들이 쌓여갈 때 기획팀의 몫이 없었던 것은 아니다. 티켓의 할인율을 올리고 제작팀의 순익을 포기하더라도 당시엔 익숙하지 않던 쿠팡, 티몬, 위메프 같은 소셜커머스 사이트에서 판매를 시도했다. 그러나 구매율은 높지 않았다. 힘들고 괴로웠다.

이제 결정을 해야 했다. 너무 힘이 들어 약속된 공연 회차를 모두 소화할 수 있을지의 기로에서 모든 배우와 스태프를 모이게 했다. 그래 봐야 스무 명 남짓한 인원이었지만 배우들도, 스태프들도 내가 어떤 얘기를 할지 이미 느끼고 있는 것 같았다.

사실 그 회의 전에 기획팀은 미리 전략을 세웠다. 공연을 중단해야 한다는 것을 두괄식으로 언급한 후 사람들의 표정을 살피자. 그들도 예측했고 받아들이는 상황이면 길게 이야기할 필요가 없다. 그러나 공연 중단을 반대하는 이야기가 나오면 대외비인 매출 자료를 오픈해서라도 공연을 할수록 손실인 상황을 솔직히 이야기하고 고개 숙여 사죄한 다음 멈추자고 부탁하자는 전략이었다.

약속한 시간, 모두가 공연장에 모였다. 배우와 스태프 들이 객석에 앉고 내가 그들 앞, 무대에 섰다. 그런데 문득 두렵다는 생각이 들었다. 배우들은 늘 이런 무대에 오를 텐데 정말 대단한 사람들이라고 느껴졌다. 천천히 고개를 들어 그들을 보니 모두 내 눈과 입만을 바라보고 있었다. 작품에 대한 애정과 아쉬움, 연습 과정의 즐겁고 행복했던 추억이 눈앞에서 마구 쏟아져 내렸다.

천천히 고개를 들어 배우와 스태프 들을 보니 모두 내 눈과 입만을 바라보고 있었다. 작품에 대한 애정과 아쉬움, 연습 과정의 즐겁고 행복했던 추억이 눈앞에서 마구 쏟아져 내렸다.

나는 힘든 상황이라는 몇 마디 투정과, 여러분을 힘들게 해서 죄송하다는 어설픈 사과와, 마지막까지 멈추지 않을 테니 좀 더 힘을 내 달라는 부탁을 했다. 회의 전에 기획팀이 모여 준비한 전략은 그냥 그렇게 사라졌다.

이성적으로, 계산적으로, 논리적으로는 공연을 멈췄어야 했다. 경영학적인 관점에서 그래야 하는 게 맞았다. 세무사 사무실에서 근무했던 경력으로 경영회계 업무를 병행하던 김수영 PD도 티켓 판매 추이를 감안해 여기서 공연을 중단하는 게 리스크를 줄이는 일이라 말했다. 그런데 무대에 서서 사람들의 눈빛을 마주하니 그만하자는 말을 도저히 할 수가 없었다.

결정적인 순간에 이성보다는 감성적인 판단과 선택을 하는, 다시 그런 입장에 서더라도 같은 선택을 할 수밖에 없는 공연기획자는 그만큼 무모한 사람이다. 그리고 누구보다 이를 잘 안다. 경영학적인 입장과 예술경영학적인 입장은 엄연히 다르다는 사실을. 일반적인 경영의 목표가 이익 추구에 있다면, 예술경영은 무엇을 추구해야 하는가? 공연기획자인 나는 이를 명확히 알기 위해 끊임없이 공부해야 한다.

늘 공부해야 살아남는다

어렸을 적부터 공부에는 큰 뜻도 없고 그다지 소질도 없었던 내가 대학원 박사 과정에 입학한 이유는 석사 지도 교수님의 의견과 조언 때문이었다. 겨우겨우 통과는 했지만 석사 논문 최종심에서 교수님들의 호된 질책과 조언을 받으며 멘탈이 모래성 부서지듯 바닥났다. 아무 생각 없이 눈에 보이는 복도 한쪽 의자에 앉아 잠시 숨을 돌리는데 교수님께 전화가 왔다. 정문 앞 '본죽'에 계시다며 그리로 좀 오라고 하셨다. 터덜터덜 노트북과 스프링으로 제본한 논문, 발표 자료를 챙겨서 식당으로 들어갔다. 제일 안쪽 테이블에서 식사하시다가 나를 발견하신 교수님께서는 이렇게 말씀하셨다.

"고생했다! 너도 하나 시켜 먹어. 오늘 죽 쒔잖아!"

위로인지 위트인지 모호한 어느 경계 속에서 교수님께서 드시던 제일 비싼 삼계죽을 시켰고 천천히 먹기 시작했는데, 교수님께서 물으셨다.

"이제 어디로 갈 거냐?"

"밥 먹고 나서 말씀이십니까? 집으로 바로 가겠습니다."

"아니, 이 사람아. 박사 어디로 갈 거냐고?"

교수님의 말씀을 듣자마자 내 앞의 죽 그릇을 그대로 내 머리에 뒤집어쓰고 싶었다. 논문 최종심에서 제대로 죽을 쓰고 죽을 먹는 내게 '이번엔 또 어디 가서 죽을래?' 하는 듯이 좀 가혹하게 들렸다.

"공연기획자 되려고 대학에서 사회복지 공부한 거 잘 선택했고, 공연제작사 다니면서 석사로 광고홍보 배운 것도 아주 잘한 선택이야. 이제 진짜 예술학 공부하러 가야지. 너 그거 꼭 해야 된다."

교수님께서는 성균관대학교 공연예술학과 박사 과정을 추천해 주셨다. 혹시 아는 교수님이라도 있으신 건가, 그러면 추천서라도 좀 써 주실 생각이신가 싶어 정중히 이유를 물었다.

"너 맨날 대학로에 있는데 거기가 대학로랑 가깝잖아?"

그렇게 나는 대학로에서 가까운 성균관대학교 일반대학원 박사 과정에 지원했다. 그리고 세 번의 탈락 끝에 네 번째에 합격해 박사 과정에 등록할 수 있었다. 당시 동기가 나까지 다섯 명인데, 첫 만남에서 서로가 깜짝 놀랐다. 다섯 명의 분야가 공연, 사진, 미술, 무용, 연기로 모두 달랐던 것이다. 동기의 구성만으로 학교의 선발 의도를 느낄 수 있었다. 서로가 서로에 대해 알아 가면서 각자의 입장과 태도, 방식에 대해 익혀 보라는. 지금 생각하면 참 감사한 구성과 기회였다는 생각이 든다.

동기분들과 대화하며 때로는 신중하게 또 때로는 대놓고 궁금한 부분을 물어보고 속마음부터 업계 이야기까지 자연스럽게 나눌 수 있던 그때는 매 순간이 공부였다. 거의 모든 수업마다 소논문 수준의 리포트를 제출하거나 발표해야 했는데, 그 과정 중에 기가 막히게 즐겁고 짜릿한 시간들은 동기분들과의 티타임 또는 강의 후 늦은 식사 시간이었다.

당시 우리가 모두 공감한 내용은 바로 공부를 하는 이유였다. 자신의 분야만이 아닌 다른 분야, 타 장르의 사람들과 대화를 하고 싶어서라는 것. 다섯 명 중 나를 제외한 네 분은 모두 예술가셨고 나 혼자만 기획자이기에 기획자가 가져야 할 매너와 예술가들이 생각하는 부분에 대한 날카로운 질문에 당황했던 적도 있었다.

"우리를 만나러 오면 기본적으로 이 분야에 대한 연구나 식견, 주관을 가지고 오셔야 하는데 만나자마자 작품 참여나 프로덕션 합류 얘기부터 두괄식으로 하시면 좀 당황스러워요. 우리는 두괄식 문장 이후 내용이 더 중요한데 그 이후가 안 나오면 대화를 할 이유를 찾기가 어렵죠."

"기획자께서 가지고 계신 생각을 드러내는 데 있어서 그 속도나 온도가 중요하다고 생각해요. 혹시 이렇게 말씀드리면 이

해가 되실까요?"

당시 서른넷이던 나는 그분들의 말을 온전히 이해하지 못했다. 속도는 말하는 속도를 의미하는 건가? 온도는 또 뭐지? 10년이 흐른 지금도 그 의미를 완벽히 안다고 말하긴 어렵다. 하지만 분명한 건 점점 더 많이 느끼고 있다는 것이다.

내가 지금까지 만난 모든 예술가는 스스로 자생하는, 성장해 나가는 분들이었다. 그것이 자신들의 숙명이라고 생각하는 분들도 많았다. 평생 배워야 하기에 '배우'라 부르는 거라던 원로 배우님의 말씀도 인상 깊다.

기획자는 이런 초능력을 지닌 예술가들과 이야기 나누고 협의하고 합의해야 하기에 공부를 멈추지 말아야 한다. 사람에 대해서, 사람들이 만드는 작품에 대해서. 그리고 궁극적으로 이 세상에 존재하는 모든 예술의 속성과 의미에 대해서. '왜 저렇게 표현하고, 표정 짓고, 움직일까.' '이 멜로디와 리듬, 이 가수의 목소리와 호흡에서 나는 무엇을 느끼나.' '그들의 표현에서 우리는 무엇을 느낄 수 있나.'

영화든, 드라마든, 웹툰이든, 만화책이든, 소설책이든, 연극이든, 뮤지컬이든, 전시회든. 기획자는 끊임없이 무언가 새로운 걸 보고, 새로운 소리를 듣고, 느끼고 생각하며 그것을 만든 예술가들의 의도와 가치를 연구하고 공부해야 한다. 그것이 기획자의 숙명이며 평생의 과제임을 인정하고 끊임없이 그렇게 살아야 한다. 실제로 대다수의 공연기획자는 그렇게 살아간다. 예술가가 스스로 성장하듯.

프레스콜과 프리뷰

공연 관련 기사를 보다 보면 '프레스콜'이라는 표현을 종종 찾아볼 수 있다. 프레스콜은 말 그대로 프레스를 부른다는 뜻이다. 기자분들을 공연장으로 모셔 공연의 전체 또는 일부를 먼저 보여 준 후 관련 기사나 기대평 등의 노출을 직간접적으로 요청하는 행사이다. 프레스콜데이에는 기자들에게 공연 중 사진이나 영상 촬영 등의 여건이 보장되며, 공연을 마친 후 주요 창작진과 배우들이 무대에 올라 질문에 답하는 시간을 갖기도 한다.

또한 공연 초기에는 프리뷰 기간을 두기도 한다. 프리뷰는 일종의 의견을 듣는 절차로, 이 기간 동안 관객들 또는 평가단의 의견과 현장 상황 등을 반영해 공연을 일부 조정한다. 보통 공연 초반 일주일 정도를 프리뷰 기간으로 잡는데, 이 기간 동안 작품의 일부 대사 또는 장면이 변경되거나 삭제 또는 추가되기도 한다. 프리뷰 기간 동안은 공연이 완숙된 상태가 아니므로 초청의 개념을 더해 입장권을 큰 폭으로 할인하는 경우가 많다. 저렴하게 공연을 관람할 수 있을뿐더러 공연에 탁월한 요소가 많을 경우 입소문을 기대할 수 있는 시기이기도 하다.

2장

공연이 뭐가 좋다고

이성희 선생님께서는 내가 고3이었던 1999년에 우리 학교에 오셨다. 첫 발령이라고 하셨다. 담당 과목은 한문이었는데, 우리 학교는 1학년 때에만 한문 수업을 해서 내가 그분의 수업을 들을 수는 없었다. 그런데도 이성희 선생님과 나는 많은 대화를 했다.

당시 나는 총학생회장이었다. 그래서 다른 학생들보다 비교적 교무실 출입이 잦았다. 문제를 일으켜 불려 가는 것은 아니었다. 공부하다가 모르는 게 있거나, 학교생활 중에 건의할 것이 있으면 교무실 문턱을 넘어 담당 선생님을 찾아뵙고 말씀을 나

줬다. 때론 연극을 보러 가야 하니 야간자율학습을 빼 주십사 조르기도 했고, 어떤 때는 교칙의 변경이나 변화를 위해 치열하게 논쟁하기도 했었다. 만약 내가 총학생회장이 아닌 일반 학생이었어도 그리 쉽게 교무실을 드나들 수 있었을까? 당시 권력의 맛에 살짝 도취해 꽤 건방지고 폼도 좀 잡았던 나는 참 못난 인간이었다.

하지만 진지했던 순간도 많았다. 특히 내 진로에 관한 이야기를 나눠야 할 때는 더욱 그랬다. IMF 사태를 겪고 있던 시기여서인지 나이가 많으신 선생님들은 무조건 대기업에 들어가거나 공무원이 되라고 권하셨다. 주로 경제적인 안정이 보장되는 직업 선택 조언이 다수였다. 상대적으로 젊은 30대 선생님들은 그래도 뭔가 도전적인 삶을 추구하길 바라셨다. 한 선생님께서는 내게 과감하게 시도하고 저지르라고 조언해 주셨다. 당시 담임선생님이셨던 장성민 선생님께서는 단지 돈을 버는 수단으로 직장을 찾지 말라며 돈 버는 기계의 삶이 뭐가 좋냐고 말씀하시기도 했다. 대학에 가서 천천히 생각해도 된다는 선생님도 계셨고 재능을 살려 보라는 조언도 들었다. 내 그림을 보신 미술 선생님께서는 미대에 가라 하셨고, 내 노래를 들으신 음악 선생님께서는 음대에 가라 하셨으며, 농구하는 걸 보신 체육 선생님께서는 무조건 체대에 가라 하셨다.

'역시 국영수 쪽은 아닌가 보군.' 하며 속으로 환호를 외치고 있을 때 한문 선생님은 아주 멋진 조언을 해 주셨다.

세상과 소통한다는 짜릿함

고등학교 때의 나는 야간자율학습을 상당히 많이 빠지는 학생이었다. 주된 사유는 연극이나 뮤지컬 관람이었다. 특히 인천시민회관에서 학생 대상 연극을 할 때는 당연하다는 듯이 야간자율학습을 생략했다. 학생증만 있으면 무료로 관람이 가능했기 때문이다. 나는 당시 담임선생님께 내 꿈과 공연 관람의 연관성을 설명한 후 정식으로 야간자율학습을 면제받았으나 그걸 좋게 보지 않으시던 선생님이 계셨다. 하루는 그 선생님께서 나를 교무실로 불러 세우곤 말씀하셨다.

"그렇게 맨날 야자 땡땡이 까고 놀러 다닐 거면 차라리 기술을 배워. 그래야 취직이라도 해서 빌어먹고 살지. 안 그럼 너 굶어 죽어! 네가 뭐 그리 잘난 게 있어? 아니면 대학은 무슨 대학이야, 지금부터 그냥 사법고시 준비를 해. 달달 외우면 되잖아. 판검사가 돈 제일 많이 벌어. 권력이 있으면 다 따라오는 법이야. 그것도 아니면 육군사관학교 가. 군대 가서 말뚝을 박든가.

전쟁? 때려 죽어도 안 나. 나중에 관두면 평생 연금 나오고 얼마나 좋아? 너 안 그러면 장가도 못 간다. 내가 살아 보니 세상이 그래."

이런 흔하디흔한 '내가 살아 봐서 아는데' 시리즈가 그 순간 정말 싫었다.

"선생님 인생 아니라고 학생들한테 그렇게 함부로 조언하지 마십시오. 저에 대해 대체 무얼 얼마나 아신다고 그런 식으로 막말을 하십니까?"

내 말이 끝나자마자 교무실 우측 공간이 파노라마처럼 내 시야에 쫙 펼쳐졌다. 그러고 나서 아픔이 밀려왔다. 뺨을 맞은 것이었다. 분명히 기억하는데 맞은 건 뺨이지만 아픈 건 심장이었다. 그때 주변 대부분 선생님의 표정은 '맞을 짓 했네'였다. 담임선생님이 계셨다면 '왜 내 새끼 때리냐'며 날 때린 선생님께 항의하셨을 텐데 하필 그때 교무실에 안 계셨다. 이를 악물고 눈물을 꾹 참으며 복도로 나오는데 뒤에서 누가 내 어깨에 손을 올리곤 얘기를 좀 하자고 하셨다. 이성희 선생님이셨다.

"조금 돌려 말하지 그랬어? 틀린 말도 아닌데. 아니면 좀 웃으면서 얘기하지 그랬니."

나는 선생님께 내가 살고 싶은 삶, 하고 싶은 일에 대해 한참을 얘기했고 선생님은 내 말이 끝날 때까지 단 한마디 개입 없이 모두 들어 주셨다. 그리고 이렇게 말씀하셨다.

"성모야, 너는 사회복지학과에 가라."

선생님 말씀을 듣고 잠시 뇌가 정지된 것 같았다. 아니, 연극이나 뮤지컬이나 콘서트 같은 걸 만드는 사람이 되고 싶다니까요? 갑자기 웬 사회복지학?

"배우가 되고 싶은 것도 아니고, 넌 기획을 하고 싶은 건데, 결국 그런 건 다 사람들의 마음에 다가가는 방법을 알아야 되는 거 아냐? 사람의 욕구나 삶 같은 걸 연구하는 공부를 해야지. 사람의 마음을 알려면 사회복지학만 한 게 없어. 봐라, 노인복지를 공부하면 노인들의 사회적 니즈와 아픔에 대해 알게 되지. 아동복지를 공부하면 어린이들에 대해 알게 되고. 여성복지, 가족복지, 청소년복지…. 얼마나 좋아."

'넌 기획을 하고 싶은 건데'라는 말에 반박할 수 없었다. 중학교 때부터 키워 온 '룰라 콘서트 같은 걸 만드는 사람'은 이제 공연기획자로 정리가 되었다.

선생님의 조언 덕분에 대학에서 사회복지학을 공부하며 나는 정말 많은 것을 배웠다. 그때의 경험과 고민은 지금도 내가 공연기획자의 삶을 살아가는 데에 아주 큰 밑거름이 되고 있다.

넌 기획을 하고 싶은 건데, 결국 그런 건 다 사람들의 마음에 다가가는 방법을 알아야 되는 거 아냐? 사람의 욕구나 삶 같은 걸 연구하는 공부를 해야지. 사람의 마음을 알려면 사회복지학만 한 게 없어.

나는 일을 하면서, 또는 공연이나 행사 현장에서 누구를 만나든 라포를 형성해 원활히 대화할 자신이 있다. 이는 온전히 대학에서 사회복지를 공부한 덕분이며, 사람들의 아픈 감정과 정서를 치유하기 위해 노력하는 사회복지사 정신을 조금은 성취해 냈기 때문이라고 믿는다. 이를 통해 공연이 공연으로만 끝나지 않게끔 비록 작은 목소리일지라도 우리 사회에 필요한 이야기를 하자는 나만의 철학을 정립하는 계기가 되기도 했다.

암 환자, 장애인, 광산 노동자, 탄압받는 기자, 미래를 걱정하는 청년…. 내가 기획하고 제작하는 공연에는 모두 아픈 사람이나 우리의 관심과 도움이 필요한 사람을 등장시켜 그들의 아픈 감정과 정서를 드러낼 수 있도록 했다. 그리고 관객들이 그들의 치유와 더 나은 삶을 고민하고 공감하게 하고자 노력했다. 이러한 과정은 내 방식대로 사회복지를 실천하는 것이라 생각한다. 공연을 통해 잘 보이지 않는 아픈 이들에게 아주 작은 변화라도, 또는 기적이 일어나길 바라면서.

공연을 기획하고 제작할 때마다 나는 이 세상에 또 하나의 메시지를 전할 수 있음에 감사한다. 또한 그 이야기에 울고 웃으며, 또는 화를 내며 반응해 주시는 관객분들의 칭찬과 비판도 늘 정중히 받는다. 그 과정을 통해 세상과 소통하고 있음이 온

몸으로 체감된다.

이렇게 세상과 소통하는데 재미없을 리가 있나. 이 재밌는 일. 세상에 필요한 건강한 감정과 정서를 담은 공연을 만드는 일. 그래서 난 공연이 좋다.

서로를 위로하는 공간

공연기획은 톱니바퀴 시스템과 유사하다. 다양한 곳에 가장 적절한 사람들을 섭외, 배치하여 하모니를 만드는 작업이기 때문이다. 또한 그 시스템의 구성, 즉 톱니바퀴들의 역할이 모두 사람인 것도 특성이다. 기계화, 자동화는 당연히 불가능하다. 사람들이 함께 고민하며 만들고 함께 관객을 만날 준비를 하며 사람들이 와서 보는, 처음부터 끝까지 사람뿐인 일이다.

2016년 초, 기획과 제작은 물론이고 초고 집필까지 내가 담당했던 한 연극 공연에서 엄청난 잘못을 저질렀던 적이 있다. 당시 회사가 가진 모든 역량과 자산을 털어 만들었던 그 공연은 개인적으로 공연기획 10년 차에 접어들며 무대에 올리는 공연이었기에 애정이 남달랐다. 그런 공연에서 기획자이자 총괄 프로듀서인 내가 사고를 친 것이다. 심지어 사고를 친 날은 공연 첫날이었다.

함께 일하는 모든 사람에게 비난의 화살이 쏟아졌다. 사고를 친 내게만 와야 할 비난이 주변 사람들에게도 날아가 박히니 무력감에 고통스럽고 괴로웠다. 예매된 티켓은 상당수 취소되었고, 사무실로는 항의 전화가 빗발쳤다. 전화를 받으며 연신 사과를 하고 환불 조치를 하던 당시 팀원들의 표정을 보면서 처음으로 이제 그만해야 하는 건 아닌가 생각을 했다. 내 SNS와 회사 공식 SNS에 사과문을 올리자 사고 소식을 모르던 주변 사람들도 모두 알게 되었다.

다음 날부터 공연장에 '사람들'이 나타났다. 가장 먼저 나타난 이는 연극을 만들 때 내 얘기를 가장 먼저 들어 주고 응원해 준 친구 곽노희였다. 노희가 말없이 나를 안아 주던 순간을 절대 잊지 못한다.

"성모야, 반성하자. 건강하게 반성하자. 내가 도와줄게."

그리고 예전 공연에 함께 참여했던 배우들과 스태프들, 제작사에 함께 다니던 동료들, 대학 동기들, 대학원 선배 형님들…. 그들이 계속 번갈아 공연장에 찾아와 나를 살펴 주고, 안아 주고, 또 꾸짖어 주었다. 그리고 내가 미소를 짓는지 확인하고 나서야 귀가했다.

며칠 뒤 지나가다가 공연계 대선배이신 J 선배님을 우연히 뵙고 인사를 드렸다. J 선배님은 공연 상황에 대한 이야기를 듣고 사과문도 보셨다며 그렇게 성장하고 발전하는 거라고 격려해 주셨다. 그리고 옆에 계시던 분을 소개해 주셨다. 공연기획자 후배들이 모두 존경하는 분. 나는 그분을 알지만 그분은 당연히 나를 모르실 것이라 생각하고 인사를 드리는데 그분이 말씀하셨다.

"이성모 대표, 나 당신 알아요."

나는 차마 숙인 고개를 들지 못했다. 왜 하필 이럴 때 인사를 드리게 되었는지 스스로가 한없이 부끄럽고 원망스러웠다.

"요즘 많이 힘들지요? 한 번씩 그렇게 위기가 오는데, 그 위기가 좀 일찍 왔다고 생각하면 어떨까요? 진심으로 반성하세요. 자기 자신을 돌아볼 좋은 기회로 삼고요. 같이 힘냅시다. 자, 얼굴 들고. 대표가, 프로듀서가 침울해 있으면 어떡해? 다 당신만 바라보는데?"

모두 다 나만 바라본다. 모두가 나를 바라본다고? 아…. 그렇겠구나. 정신이 번쩍 들었다. 사실 그때까지는 바보처럼 어떻게 시선을 회피할 수 있을지만 생각했다. 그런데 배우들도, 스태프들도, 팀원들도, 나를 위로하러 와 주신 분들도, 그리고 관객분들도 다 나를 바라보고 있었다.

잘못한 건 잘못한 것이고, 반성은 진정으로 해야 한다. 그러나 잘못을 반성했다고 해서 공연기획자로서의, 총괄 프로듀서로서의 업무와 책임의 크기는 변하지 않는다. 그날 이후 나는 더 자주 공연장에 가고 더 자주 배우와 스태프 들께 죄송함을 표하며 응원했다. 나를 알아보시고 직접 항의하는 관객분들을 만나면 "반성하겠습니다." 하면서 고개를 숙여 인사했다. 점차 온기가 생기기 시작한 건 두 달로 예정된 공연 일정이 중반 정도를 넘어가면서부터였다. 티켓 판매도 안정세로 바뀌고, 단체관람에 대한 문의도 다시 들어오기 시작했다. 몇 번씩 공연을 봐 주시는 열혈 관객분들도 많았다. 모두에게 감사했다. 그리고 모두에게 죄송했다.

나는 공연이 끝날 시간이 되면 로비에서 관객분들을 기다렸다가 사과 인사를 드렸다. 마지막 관객분이 로비를 나가실 때까지. 그러고는 분장실로 이동해 배우분들께 인사를 드린 후 맨 마지막에 공연장을 나섰다. 힘이 들긴 했지만 동시에 힘이 나기도 했다. 내 등을 두드려 주던 배우분들, 그리고 더 힘차게 "오늘도 수고하셨습니다!" 하고 인사해 주시던 스태프분들 덕분에. 더러는 관객분들도 나를 응원해 주셨다. 내 손에 스타벅스 커피를 쥐여 주셨던 분, 포스트잇에 힘내라고 적어 내 차에 붙여 주

모두가 나를 바라본다고? 정신이 번쩍 들었다.
사실 그때까지는 어떻게 시선을 회피할지만
생각했다. 그런데 배우들도, 스태프들도,
팀원들도, 나를 위로하러 와 주신 분들도,
관객분들도 다 나를 바라보고 있었다.

신 분, 티켓박스에 홍삼 음료 한 상자를 주고 가신 분, 용서하지 만 계속 반성하라고 혼내 주신 분…. 이런 분들의 말씀을 들으며 다시 힘을 낼 수 있었다.

힘들 때, 주변에 사람들이 모여들어 내가 혼자가 아님을 알려 주고 시간을 나누어 주었다. 좋을 때는 물론이고, 위기에도 사람들이 모여 서로의 온기로 아프고 힘든 사람들의 체온을 올려 주는 이곳. 난 공연이 좋다.

무대를 만드는 사람들

작가

작가는 연극과 뮤지컬 등의 대본을 쓰는 전문가이다. 전체적인 스토리 구조를 구성하고 작품에 걸맞는 캐릭터를 만들어 작품이 전하고자 하는 메시지를 명확히 하는 것이 작가의 역할이다. 공연의 대사는 물론이고 뮤지컬의 경우 음악에 맞춰 가사를 쓰는 것도 작가의 몫이다.

3장

돈 내고 돈 먹기

2013년부터 대학에서 학생들에게 공연기획과 콘텐츠기획에 대해 강의했다. 매 학기 학생들을 처음 만나면 기획과 기획자가 무엇인지 개념 정립을 하는 것으로 강의를 시작한다. 지금까지 10년 정도 학생들을 만나면서 참 변하지 않는다고 느끼는 부분이 있다. 바로 학생들이 기획자에 대해 가지고 있는, 다음과 같은 막연한 고정관념이다.

공연기획자(공연프로듀서)는 돈(자금)을 책임지는 사람이다.

어떤 학생은 돈을 끌어와서(투자를 유치하여) 작품에 투입을 하고 수익을 가져가는 사람, 즉 '돈 내고 돈 먹기를 하는 사람'이라는 생각을 가지고 있는 경우도 있었다. 물론 틀린 말은 아니다. 그렇지만 이게 전부는 아니다.

학생들에게 공연기획자와 공연연출가의 관계를 이야기할 때, 나는 종종 레스토랑 사장과 셰프의 관계를 예로 들곤 한다. 고객들이 음식 맛에 불만을 표하면 어떨까. 레스토랑 사장은 셰프에게 어떤 재료를 쓰는지, 어떻게 양념을 하는지 등을 물을 수 있다. 셰프는 레스토랑의 운영과 발전을 위해 사장이 이야기한 문제에 대해 함께 고민하고 개선을 위해 사장과 화합해야 한다. 이는 기획자와 연출가의 관계와 아주 유사하다. 만약 레스토랑 사장이 셰프에게 물었을 때 '음식은 셰프인 내게 맡겨라. 사장은 그냥 경영인이지 음식에 대해 뭘 안다고 그래? 직원들 급여랑 재료비, 월세 같은 거 잘 집행하면서 식당을 운영하면 되지.'라고 생각하는 셰프는 없을 것이다. 아니, 단언컨대 없다.

예술과 현실 사이

2018년 봄, 모 뮤지컬 작품을 위해 많은 사람이 모였다. 원작을 가지고 있는 신인 작가님과 작곡가님, 그들로부터 연출을 맡아 달라는 요청을 받은 한 신인 연출가님, 그리고 나와 우리 기획팀, 홍보를 전담할 홍보마케팅 대행사 대표님. 작품에 대한 뜨거운 토론이 있을 것 같아 두근두근하며 자리에 나갔는데 시작한 지 30분 남짓 만에 회의가 종료되었다. 나를 포함한 기획팀과 홍보마케팅사를 작품과 관련된 이야기에서 배제하고픈 창작진들의 의도가 짙게 보여서였다. 기획팀이 대본과 음악에 대해 제시한 의견의 답변을 듣는 과정에서 그런 부분이 많이 느껴졌다. 아니 그러면, "저희 작품에 대한 기획팀의 생각은 어떠실까요?"라고 묻지나 말지.

"너무 재밌는 소재이고 좋은 이야기인데, 등장인물들이 모두 다 주인공 같아서 한 인물이나 소수로 좁혀야 할 것 같은데 어떻게 생각하시는지요?"

"지금 상태의 이 대본이면 두 시간 사십 분 정도는 족히 나올 텐데, 그럼 인터미션을 두어 공연을 진행해야 될 것 같아요. 전, 후반부 구분 지점을 어디로 보시는지요?"

"세트에 대한 설명이 대본에 너무 추상적으로 나와 있어서 예측이 잘 되지 않는데, 혹시 레퍼런스가 있을까요? 아니면 대략적인 그림이나 계획을 좀 들어 볼 수 있을까요? 극장 선정에 참고하려고요."

"주신 가이드 음악을 들었는데 동일한 멜로디가 너무 지속적으로 나오더라고요. 혹시 좀 더 다양하게 해 볼 수는 없을까요? 열일곱 곡 중에 여섯 곡에 동일한 멜로디가 들어가네요."

기획팀의 질문에는 당장 예스냐 노냐 답변을 원하는 의도가 없었다. 그저 함께 의견을 나누고 방안을 찾고 관객들에게 더 나은 공연, 부끄럽지 않은 공연을 선보일 수 있게 되길 바랐다. 그래서 정중함을 담았고, 그들에게 잘 보이고 싶었고, 친해지고 싶기도 했다. 반짝반짝한 젊은 아이디어와 음악이 솔직히 너무나 사랑스러워서 욕심도 났다. 그러나 우리가 다가간 만큼 우리에게 다가오지 않는 상황에 아메리카노는 점점 식어 갔다. 이 작품으로 자신이 데뷔하길 진정 바란다는 작곡가님께서 결국 입을 열었다.

"저희 작품을 대표님께 드릴지 말지를 창작진끼리 상의해서 말씀드릴게요."

우리가 한 질문에 기분이 상한 듯 보였다. 작곡가님의 당찬 이야기를 듣고, 작품에 대한 이야기이니 같이 의논을 해야 하는 것 아니냐는 대응은 하지 못했다. 아니, 하지 않았다. 그 한마디 말에 너무나 거리가 멀어졌기에.

셰프의 파스타와 사장의 파스타

내가 존경하는 형님이 한 분 있다. 파스타가 정말 맛있는 레스토랑을 운영하고 계시는 분이다. 하루는 그 레스토랑에서 파스타를 주문하고 포크로 면을 크게 찍어 숟가락에 돌린 뒤 한 입 가득 먹으며 그 형에게 진짜 맛있다고 말했다. 형은 우리 셰프님의 실력이라고 이야기했다. 잠시 후 셰프님을 만났는데 똑같은 이야기를 했더니 음식을 만들 때 사장님의 의견을 많이 반영해서 만드신다며 결국 같이 만든 거라고 하셨다.

"제가 굽는 고기의 두께나 굽기 정도, 파스타의 면 삶는 정도나 양념의 정도 같은 것도 다 사장님이 관여하지요."

형님은 레스토랑 입지의 특성과 주변 사람들을 고려하면서 어떤 고객분들이 찾아올지를 예측하고, 그들의 선호에 최대한 부합하는 접시가 완성되도록 셰프님을 어시스트한다고 했다. 즉 레스토랑의 사장은 당연히 셰프의 음식에 직간접적으로 개입한다고 이야기했고, 셰프 역시 사장이 그렇게 해 주어야 한다고 이야기했다.

작가가 쓴 글과 작곡가가 쓴 음악을 작품으로 제작하여 관객과 만나게 하는 과정을 진두지휘하는, 또는 뒤에서 어시스트해야 하는 공연기획자는 레스토랑을 운영하는 형님처럼 작품

요청과 의견을 무조건적으로 수용할 수 없을 때도 있다. 그렇기에 개입은 더더욱 필수불가결하다. 충분히 이야기를 나누고, 설득하고 합의에 이르는 과정이 있어야 하기 때문이다.

에, 글에, 음악에 직간접적으로 개입한다. 그리고 의견을 나누며 적극적으로 수용하고자 노력한다.

물론 작가와 작곡가, 연출가의 요청과 의견을 무조건적으로 수용할 수 없는 경우도 많다. 그렇기에 작품에 개입하는 것은 더더욱 필수불가결하다. 충분히 이야기를 나눠야 하고, 서로 설득해야 하고, 함께 합의에 이르는 과정이 반드시 있어야 하기 때문이다. 작가분들이 쓰신 대본에, 작곡가분들이 쓰신 곡에 애정과 노력이 얼마만큼 담겼을지 충분히 알기에 그들의 노고와 예술성을 진심으로 인정하고 존중하며 그렇게 이야기 나누어야 한다.

가끔 작가님들과 공연을 준비할 때면 이렇게 말씀하시는 분이 있다.

"○○○ 배우님을 캐스팅해 주세요. 요즘 아주 물이 올랐더라고요."

○○○ 배우님이 유명하고 연기를 잘한다는 건 누구나 안다. 그러나 캐스팅이 어렵다면 그 이유와 아쉬움을 이야기해야 한다. 그 부분을 내 입장에서만 이야기하고 무조건적인 이해를 구해서는 안 된다. 우선 기획자의 시각으로 작품을 잘 분석, 정립하고 작품 속 캐릭터에 대해서도 잘 연구해야 한다. 이후 작가

님과 같은 눈높이에서 제작비의 타당성, 개런티, 배우의 외모와 표정, 연기 톤 등 다양한 부분을 입체적으로 토론하면서 함께 결론을 내려야 한다. 여기까지만 이야기해도 독자분들은 공연기획자가 어떤 한 공연의 기획과 제작을 통해 얻고 싶은 것이 단지 돈뿐만은 아니라는 점을 이해하실 수 있을 것이다.

좋은 공연으로 관객분들께 만족감을 드리고 싶고, 이런 좋은 공연이 만들어지기까지의 과정과 노력, 희생과 헌신을 관객분들이 아실 수 있다면 좋겠다. 이 과정에서 예술가들과 기획자들이 같이 성장하며 더 나은 배우, 스태프, 기획자가 되었으면 좋겠다. 함께한 어떤 이가 시간이 지나 어느 날 문득 뒤를 돌아보았을 때 '아, 그때 그 작품. 우리 그때 정말 잘하고 싶었지. 그래서 치열했지. 그래서 얘기 많이 했지. 그때 우리 참 많이 성장할 수 있었어.' 하고 느낀다면 얼마나 좋을까. 그게 내가 기획하고 제작한 작품이라면? 생각만 해도 속에서 뜨거운 것이 올라오면서 몹시도 그립고 고프다.

나뿐만이 아닌 다수의 공연기획자가 모두 이러한 생각을 바탕으로 일한다고 확신한다. 그렇기에 공연기획자의 목적과 목표는 돈, 흥행, 재공연, 투자 같은 명사보다 계속, 오래도록, 함께, 지속하고 싶다 같은 형용사 또는 부사에 더 가까울 거라고, 그것들과 더 닮았다고 믿는다. 나 역시 계속, 오래도록, 함께, 지속하고 싶다.

무대를 만드는 사람들

무대감독

공연 진행이 원활하게 이루어지도록 무대 위를 지휘하는 사람을 무대감독이라 한다. 공연 무대에서 일어나는 모든 일은 무대감독이 총괄한다. 리허설 스케줄을 관리하고 무대 뒤에서 기술팀 및 배우들과 소통하는 것도 무대감독의 역할이다.

4장

저는 초짜인데요

2010년 당시 제작사를 처음 만들 때 나 혼자 시작한 건 아니었다. 혼자서 할 수 있는 게 없다는 것은 이미 알고 있었다. 대신 다니던 제작사의 마케팅 팀장이셨던 한은정 선배를 열심히 꼬셨다. 그 선배도 창작 공연에 목말라 있음을 들킨 후 내가 꽤 귀찮았을 거다.

"나 곧 둘째 낳을 거야. 같이해도 오래 못 해."

이렇게 이야기하는 한은정 선배에게 그러면 둘째를 낳을 때까지만이라도 같이해 달라고 졸랐다. 사실 지금에서야 고백하는데 그때 이런 기도를 참 많이 했다. '조카님아, 제발 천천히 나

와라.'

그 선배에게 함께 시작하길 제안한 이유는 선배의 다양한 업무 능력과 인맥은 물론이고, 상대방을 설득하는 탁월한 말솜씨 때문이었다. 지금 내가 때로는 따뜻하게 또 때로는 냉철하게 맥을 짚어 대화할 줄 아는 사람이라고 평가받는다면 그건 다 한은정 선배로부터 배운 것이다.

무엇을 해야 할까

제작사를 차린 후 2011년 드디어 첫 공연을 시작했으나 역시 대차게 실패했다. 부족한 실력과 경험 때문이었다. 그리고 실의에 빠졌다. 티켓 판매금으로 투자사의 원금 1억 원을 상환하고 남은 비용을 모아 배우분들과 스태프분들의 개런티 잔금을 가까스로 치렀다. 사실 그때 부모님 몰래 산 중고 수입차가 있었는데, 그 차도 팔아서 비용 지급에 보탰다. 첫 공연을 마치고 나니 내게 남은 건 아무것도 없었다. 오직 팀원들만 눈에 보였다. 급히 신용 대출을 받으니 두어 달 정도 버틸 수 있는 비용이 마련되었다. 그리고 팀원들과 함께 2012년의 계획을 세웠다. 아주 심플했다.

1. 〈국화꽃향기〉 시즌 2를 어떻게든, 무조건 하자.

2. 새로운 공연을 기획하고 제작하자.

처음부터 창작 공연 제작사를 꿈꾸며 독립한 나는, 아니 우리는 첫 데뷔작 이후 주저앉거나 버티지 못해 사그라들고 싶지 않았다. 우리는 제작사니까 어떻게든 공연 제작을 해야 한다는 것이 당시 내 생각이었다. 하지만 나는 초짜였고, 그래서 잘 알지 못했고, 그만큼 용감했다. 공연을 제작하기 위해서는 일을 해서 돈을 벌어야 했다. 그래서 우리가 할 수 있을 것 같은 일이 보이면 회사소개서를 들고 가 우리를 소개하고 어필했다.

주변에서 만류가 계속되었다. 어떤 선배님께서는 "그건 욕심이다. 지금 있는 콘텐츠 잘 유지하고 관리해서 추가적인 매출을 일으킬 고민을 해라." 하셨고, 또 다른 선배님께서는 "대체 무슨 용기로 초연 때 깨지자마자 바로 이어서 급하게 가려고 해? 천천히 두드리면서 가." 하셨다.

공연을 더 하고 싶었지만 사실 앞길이 구만리였다. 우선 제작하고픈 소재나 메시지, 이야기가 없었다. 다음 작품으로 무얼 해야 할지 막막한데 일이 추진될 리 없다. 제작사가 어떤 작품을 회사의 두 번째 작품으로 개발할 건지는 정말로 중요하다.

그 제작사의 정체성, 즉 향후 방향이 정해지는 순간이기 때문이다. 이 역시 우리 회사의 제작감독이던 한은정 선배가 수십 번을 강조해서 잘 알고 있었다. 그랬기에 신중했고, 신중했으나 마땅한 해답을 낼 능력이 없는 나는 주저했다.

"대표님, 우리는 젊은 집단입니다. 똑똑한 결정을 해야지요. 공연을 해서 실적만 얻으려 하면 안 됩니다. 더 많은 걸 배우고 획득할 수 있는, 그런 작업을 해야 합니다."

독립하기 전 함께 다닌 제작사에서 마케팅팀장을 잘하고 계시던 선배님을 쫓아다니며 모셔온 보람이 있었다. 답이 없어 보이는 답답한 순간마다 혜안을 제시하시는 능력은 단지 공연 경험과 경력에서만 나오는 것이 아닌, 나와 회사의 앞날을 생각하는 진심에서 나왔을 것이다. 당시 우리는 객관적으로 약점이 많은 제작사였다. 경험과 인맥이 부족했고, 조언해 줄 선배나 스승이 있지도 않았다. 하지만 이는 우리의 잘못 때문에 생긴 약점이 아닌, 신생 제작사와 제작자의 특성이었다. 한은정 제작감독님은 이러한 부분을 내게 인식시켜 주었다.

나이도 어리고 경력도 짧은 내게 '대표님' 호칭을 붙여 꼬박꼬박 존대를 하시지만 소주를 한 병 이상 마시면 그때부터는 '이 대표'라는 호칭으로 바꾸고 정말 진심어린 조언을 해 주시는

우리는 젊은 집단입니다. 똑똑한 결정을 해야지요. 공연을 해서 실적만 얻으려 하면 안 됩니다. 더 많은 걸 배우고 획득할 수 있는, 그런 작업을 해야 합니다.

한은정 감독님께서 하루는 답답해하던 내게 새로운 작품의 기획을 던져 주셨다. 우리의 부족한 부분을 많이 보완할 수 있는 작품이었다.

거대한 프로젝트

전무송 선생님이라는 연극배우가 계신다. 이분을 모르는 공연기획자는 없으며, 그분의 딸과 사위, 아들이 모두 공연계에 종사하신다는 것도 모르면 간첩 수준의 사실이다. 그분의 사위인 예술가 김진만 님은 80년대에 청춘스타로 이름을 날렸고, 내 사촌 누나가 무척이나 좋아했던 탤런트이기도 하다. 한은정 감독님은 연극배우 전무송 선생님의 연기 인생 50주년 기념 공연을 준비해 보자고 제안했다. 실로 대단한 프로젝트였다.

- 전무송 선생님께서 직접 출연하실 테니 화제가 되기에 충분하다.
- 거장의 연기 인생 50주년을 기념하는 공연이니만큼 언론의 관심도 매우 높을 것이다.
- 연기자이자 극작가인 그분의 딸 전현아 님이 극작을 할 것이다.

- 그분의 사위인 김진만 님이 연출가로 참여가 가능하시다.
- 그분의 아들인 전진우 님도 출연이 가능하시다.
- 그분의 선후배 배우분들께 참여해 주십사 설득하는 것도 어렵지 않아 보인다.
- 연극계 원로의 기념비적 작품인 만큼 서울문화재단 같은 곳의 공공기금을 지원받기에도 수월할 수 있을 것이다.
- 우리 같은 신생 제작사의 특성상 세종문화회관이나 예술의전당 같은 우수한 공연장에서 공연하기는 쉽지 않으나, 그분의 작품이라면 대관 심사에서 긍정적인 평가를 받을 것도 같다.

장점이 너무나도 많은 이 프로젝트에 우린 정식으로 착수했다. 가장 먼저 해야 할 일은 선생님께 허락을 받는 거였다. 한은정 감독님은 나를 전무송 선생님 앞에 데려갔다. 전화 한 통으로 나와 전무송 선생님의 만남을 주선하는 감독님을 보는 그 순간, 나보다 10여 년 선배인 감독님의 인맥이 존경스럽고 부러웠다. 그리고 이런 사람이 나와 함께한다는 생각에 뿌듯하기도 했다. 그렇게 전무송 선생님을 찾아뵈었다. 선생님 앞에 가자마자 저절로 무릎이 꿇어졌다.

"안녕하십니까, 처음 뵙겠습니다. 이성모라고 합니다."

선생님께서는 내 손을 꼭 잡으시고는 와 줘서 고맙다고 하셨다. 손이 굉장히 따뜻했다. 금방 놓지 않으시고 한동안 내 손을 잡고 계셨는데, 나 역시 놓고 싶지 않았다. 내가 태어나기 바로 전해에 돌아가신 할아버지의 손을 잡았더라면 지금 이런 느낌이었을까 하는 생각이 들어 살짝 울컥하기도 했다. 선생님께서 웃음기 가득한 눈으로 나를 봐 주시는데, 드라마나 영화에서 보던 너그럽고 푸근한 우리 시대 아버지의 모습이 그대로 보였다.

"내년이 선생님 연기 인생 50주년이 되는 해라고 들었는데, 그 기념 공연을 저희가 하고 싶습니다."

사모님께서 주신 사과를 먹으며 조심스레 말문을 열었다. 선생님께서는 따님 전현아 작가님과 사위인 김진만 연출가님을 함께 앉으시게 했다. 다시 한 번 정중히 말씀을 드리자 세 분 모두 흥행과 우리 제작사가 부담해야 할지도 모르는 금전적 손실을 걱정하셨다. 회사를 먼저 걱정하시는 세 거장 앞에서 난 자신감과 확신을 보여 드리고 싶었다. 쥐뿔 아무것도 없는 주제에. 그러고는 실로 참 저렴한 멘트가 내 입에서 나왔다.

"제가 초짜이기는 하지만 걱정 마세요. 그건 제가 알아서 해결할 일입니다. 잘 해낼 자신은 있는데 초짜인 제가 해도 괜찮을까요?"

초짜…. 아, 난 왜 겨우 이런 표현을 했을까. 늘 그때를 생각하면서 이불킥을 한다. 두고두고 후회되기는 하지만 다시 그때로 돌아가더라도 딱히 그 이상의 표현을 쓸 수 있었을까 싶다. 그때 내 머릿속은 참 가벼웠고, 무지하고, 무식했다.

사실 그날의 만남은 형식적인 절차였을 것이다. 한은정 제작감독님을 보고 승낙하실 마음으로 회사의 대표자를 만나는 것이 목적이었고, 이미 마음의 결정은 내리셨던 상태였을 것이다. 다시 한 번 언급하지만 나를 봐서가 아닌, 한은정 감독님의 능력을 믿으시고 말이다. 다만 대표자에게 회사의 공식적인 입장을 확인하는 절차는 필요했으니까.

연극 〈보물〉은 그렇게 우리 프로덕션의 두 번째 작품이 되었다. 아버지와 아들의 관계를 이야기한 이 작품은 우리 회사만의 작품 제작 방향과 창작 콘셉트가 자리 잡히도록 해 준 작품으로, 두 번째 점이자 하나의 선을 그어 준 소중한 역사가 되었다.

보물에게 받은 보물

연극을 준비하며 연습실에서 전무송 선생님의 연습을 보는 것만으로도 내게는 엄청난 공부였다. 선생님께서 연출가나 동료 배우분들과 대화하시는 걸 볼 때마다 그 진지함과 날카로움에, 그리고 선생님의 집중력에 경외감이 절로 들었다. 게다가 연습과 공연이 끝난 후에는 여지없이 푸근하고 너그러우신 우리 모두의 할아버지로 돌아오셨다.

나는 이 연극을 통해 경험을 얻고 싶었다. 어느 정도의 금전적 손실이 발생하더라도 대배우분들과의 작품 경험이 고팠다. (그리고 공연 종료 후 정산 결과 금전적 손실도 전혀 없었다.) 덕분에 우리는 신생 제작사임에도 베테랑 연출가 및 작가와 작업한 경험을 얻었고, 모두에게 존경받는 원로 배우 전무송 선생님과 함께 작품을 할 수 있었다. 지금까지 공연 시장에서 19년을 일하면서 그때 이후 단 한 번도 들어가지 못하고 있는 예술의전당 자유소극장에서 공연을 했으며, 서울문화재단으로부터 받은 2,000만 원이라는 큰 지원금은 우리 프로덕션이 처음 받아 보는 공공기금이었다.

공연 전 프레스콜이 열리던 날, 한은정 제작감독님은 기자분들과의 질의응답 시간에 전무송 선생님과 전현아 작가님, 김진만 연출가님 옆에 내가 함께 서길 바랐다. 제작사의 대표인 나를 공연계에 어필하려는 생각에서였을 거다. 그러나 난 극구

연극 〈보물〉 공연 장면

"선생님, 관객분들 긴장 좀 풀리시게 초반에 편히 웃을 수 있는 장면들도 좀 있었으면 좋겠습니다." 바로 다음 날 연습에 선생님의 첫 등장 장면이 변경되었다. 초짜 기획자의 말 한마디를 놓치지 않고 들어주셨다.

반대했고 결국 무대에 오르지 않았다. 너무 겸손한 것 아니냐는 감독님의 의견이 있었지만 실은 겸손해서가 아니었음을 이 책을 통해 밝힌다. 난 그분들과 나란히 설 자신이 없었다. 그분들의 내공에서 나오는 진심과 멋과 결이 어우러진 그런 대화법을 구사할 자신이 없었다. 쉽게 말해 '짬에서 나오는 바이브', 내겐 그게 없었다.

우린 이렇게 공연을 시작했고 하루하루 열심히 긴장을 늦추지 않으며 큰 사고 없이 안정적으로 공연을 마쳤다. 마지막 철수까지 완료한 후 빈 무대에 멍하니 혼자 서 보았다. 긴장이 탁 풀리며 살짝 어지러웠다. 당시의 기진맥진한 내 표정을 한 장 셀카로 남기고 있는데 한은정 감독님이 다가와 고맙다고, 잘했다고 얘기해 줬다. 그렇다. 우리는 잘했다.

식당으로 예를 들면, 오래도록 사람들이 찾는 백년식당이 되기 위해서 열심히 갈고닦으면서 맛을 연구하고, 실패하더라도 다시 일어서는 집념으로 고생해야 하는 인고의 시간. 우리는 이 공연을 통해 그 시간을 보냈다. 경험 속에서 얻게 되는, 돈으로는 살 수 없는 가르침과 교훈들. 내공 가득한 전문가들과의 대화와 어울림, 가르침, 때로는 다툼, 갈등, 화해, 그러면서 얻어지는 유기적 인간관계는 우리에게 아주 큰 '보물'이었다.

공연기획자들은 이런 목적을 위해서도 공연을 만든다. 가끔 공연 중인 작품들을 살피다 보면 '아니, 대체 이런 공연은 왜 만들었을까?' 싶을 수도 있지만, 기획 제작된 어떤 이유가 반드시 있다. 그리고 그 이유는 기획자가 답해 줄 수 있다. 이거 하나는 분명하다. 기획자는 그 작품을 위해 자신을 걸고 혼신의 힘을 다할 거라고. 공연기획자에겐 목적 없는 작품이란 없다. 목적 없는 시도가 없듯이.

무대를 만드는 사람들

제작감독

제작감독은 연극 또는 뮤지컬에서 공연의 제작 과정을 추진, 관리하는 역할을 한다. 예산은 물론이고 각종 필요 요소의 디자인과 제작 일정 등을 컨트롤하며 제작에 참여하는 다양한 파트가 원활하게 협력하도록 조율한다. 프로듀서가 공연의 전체적인 기획에 집중할 수 있는 이유는 작품의 제작 측면을 책임지는 제작감독이 있기 때문이다.

5장

짜장면 대신 콘서트

나는 초등학교 내내 수영 선수로 살았다. 1학년 때 시작해서 6학년 1학기까지 했으니 초등학생 시절 수영만 하고 살았다고 해도 과언이 아닐 정도다. 그런데 대회만 나가면 늘 4등을 했다. 1등부터 3등까지는 금, 은, 동메달을 주는데 4등은 아무것도 없다. 그래서 난 별 볼 일 없는 선수로 분류되어 특기를 살려 중학교에 갈 수 없었다. 6학년 2학기에 입상을 노려볼 만한 마지막 대회가 있었지만 부모님께서 지금이라도 늦지 않았으니 공부를 시작하는 게 어떻겠냐며 출전 포기를 제안하셨고, 나는 받아들였다.

평생 수영을 하며 먹고살 수 있겠거니 했던 내 예상은 빗나갔다. 인생의 첫 실패였다. 삶의 시련이 이런 것이구나 싶었다. 열세 살 나이에 엄마에게, "나 앞으로 어떻게 살아야 해?"라는 질문을 많이 했었던 기억이 난다.

그렇게 집 근처 중학교에 진학했다. 그러나 입학부터 내내 뭔가 혼이 나간 아이처럼 즐겁게 생활하지 못했다. 사실 수영에 대한 미련을 말끔히 버리지 못한 탓도 있다.

뭐? 김정민 콘서트?

중학교 시절 내가 가장 좋아하는 가수는 김정민이었다. 너무나 외로운 표정으로 연인과 헤어진 내용의 슬픈 발라드를 고독하게, 진지하게 부르는데 그게 꼭 내 표정 같았다. 용돈을 모아 산 테이프가 늘어날 정도로 김정민 노래를 듣고 또 들었다. 그런 모습을 본 누나가 그렇게 김정민이 좋냐며 나를 살짝 꼬드겼다.

"성모야, 만약 전교 100등 안에 들면 누나가 김정민 콘서트에 보내 줄게."

그렇다. 처참하게 실패한 인생을 살아가는 동생에게 조그마한 욕구를 샘솟게 한 건 내 친누나였다. 그런데 100등이라. 그때 내 성적은 500명 중에 267등이었다. 그것도 중학교 1학년부터 쉬지 않고 다녔던 꽤 비싼 보습학원에서 각목으로 허벅지를 빽빽 맞아 가며 외우고 반복하고 울면서 졸면서 공부한 결과였다.

콘서트? 그것도 김정민 콘서트? 난 누나에게 나중에 딴말하면 그때부터 누나를 '너'라고 부르겠다 얘기했고, 누나는 동의했다. 그날부터 나는 정말 인생에서 가장 열심히 공부했다. 단언컨대 고3 때보다 더 열심히 했다. 어머니가 "그 정도까지 하길 바랐던 건 아니다." 하셨고, 아버지는 "너 괜찮은 거지?" 하시며 오히려 날 이상하게 보셨다. 그리고 대망의 다음 시험.

성적이 살짝 오르긴 했다. 그러나 당연히 100등 안에 들지는 못했다. 당시 등수 198등. 난 정말 서럽게 울었다. 어머니는 200등 안에 진입했다고 LA갈비를 구워 주셨고, 누나는 그래도 200등 안에 든 게 어디냐며 콘서트 티켓을 내 손에 쥐여 줬다. 꿈만 꾸던 김정민 콘서트 티켓이라니! 당시에는 지금과 같은 예매 시스템이 없었고, 지역 내 주요 서점 같은 데서 공연 티켓을 팔았다. 나중에 엄마에게 들었는데, 지금은 없어진 부평문고에서 누나가 꽤 긴 시간을 기다려 산 티켓이라고 했다. 그때 나는 속으로 다짐했다. 누나는 신승훈을 좋아했는데, 만약 내가 나중에 신승훈을 만나면 우리 누나가 당신을 정말 좋아한다고 꼭 말해야겠다고. (2010년 우연한 기회에 신승훈 님을 만나게 되어 우리 누나가 정말 팬이라고 말씀드렸다. 그러자 신승훈 님은 이렇게 답하셨다. "그러는 너는 나 안 좋아해?")

아무튼 난 서러워 눈물을 흘리긴 했으나 100등 안에 들지도 못한 주제에 LA갈비로 배를 가득 채웠고, 누나가 준 티켓을 들고 그 주 주말 서울 힐튼호텔 컨벤션센터에 갔다. 1995년 당시 2만 2,000원이나 하던 가장 비싼 티켓. 무대 정중앙, 그것도 맨 앞에서 네 번째 줄에 앉았다. '우리 누나는 최고의 천사 여신이다. 나 진짜 누나에게 잘할 거야.'를 수천 번 되뇌며, 두 손을 조신하게 모은 채 정민 형의 노래를 들었다. 정말 거짓말을 조금도 보태지 않고, 모든 노래를 가사와 숨 쉬는 포인트까지 똑같이 따라 불렀다. 물론 마음속으로. 따라 부르지 못한 곡이 딱 하나 있는데, 당시 분위기에 맞게 정민 형이 테이프에 없는 곡을 불러서였다. 그 곡은 인순이 님의 〈밤이면 밤마다〉였다. 그 한 곡을 제외하곤 모두 내 노래였다.

공연이 막바지로 가는데, 일이 터졌다. 김정민 형님이 뒷자리 관객들을 위해 사인이 담긴 원반인지 부메랑인지를 여러 개 날렸다. 나는 생각했다. '김정민의 모든 노래가 내 노래다. 저 원반도 내 거다.' 나는 원반을 받기 위해 있는 힘껏 점프했다. 〈마지막 승부〉와 〈슬램덩크〉가 유행하던 시절, 난 비록 키는 작아도 점프력만큼은 자신 있었다. 최선을 다해 뛰어올랐으나 의자 위에서 안정적으로 착지하기 어렵다는 생각을 그때는 하지 못했다. 그 원반은 내 거니까.

의자에 발목이 꺾이며 그대로 고꾸라졌다. '우두둑' 하는 소리를 들은 것 같았지만 잽싸게 자세를 고쳐 앉았다. 창피해서였다. 옆자리에 앉은 아저씨가 괜찮냐고 물으셨지만 나는 괜찮다고, 멀쩡하다고 대답했다.

그렇게 공연이 끝나고 정민 형님은 퇴장했다. 혹시 무대로 다시 나올지도 모른다는 생각에 한참 동안 자리를 뜨지 않았다. '안 나오는구나. 에이, 나도 이제 집에 가야지.' 하고 일어서는데 발이 이상했다. 아예 발을 디디기가 어려운 상황이라 당황해서 벽에 기대 한 걸음씩 걸어 보는데….

난 누군가, 또 여긴 어딘가

눈을 떠 보니 내가 누워 있었다. 옆에 창문이 있어 밖을 보았는데 어두웠다. 잠은 정말 잘 잔 것 같았다. 개운했고 침을 좀 흘린 것 같았다. 무언가 이상한 느낌이 들어 아래쪽을 보니 발목에 깁스가 되어 있었다. 잠시 후 간호사님이 오셔서 괜찮냐고 물으시기에 나는 괜찮은데 어떻게 된 거냐고 여쭈었다. 간호사님은 내가 앰뷸런스를 타고 왔다고 하셨다. 잠시 후 의사 선생님이 오셔서 다행히 부러지지는 않았지만 금이 갔다고 이야기해 주셨다.

걱정이 몰려와 앞이 캄캄해졌다. 집에다가는 뭐라고 얘기해야 할지, 치료비는 어떻게 할지 막막했다. 가장 큰 걱정은 부모님께 어떻게 말씀드릴지였다. 사실대로 얘기했다간 다시는 콘서트 같은 데에 보내 주시지 않을 것 같았다. 일단 어기적어기적 나가서 무작정 데스크로 갔다. 어찌 됐든 엄마한테 전화해서 와 달라고 얘기해야 할 상황인 건 분명했다.

전화를 걸려고 엉거주춤 서 있는데, 의사 선생님이 지나가다가 나를 보시고는 말씀하셨다.

"어? 잘 딛네? 괜찮으면 조심해서 집에 가도 돼."

"저…, 치료비는요?"

간호사 선생님께서는 비용이 다 처리됐으니까 가도 된다고 하셨다.

"돈을…, 누가 냈나요?"

나름 운동을 했던 나는 병원 진료비 등에 대해 예민했다. 치료와 재활의 절차 또한 또래보다는 어느 정도 알고 있었다. 어리

김정민 형님이 뒷자리 관객들을 위해 사인이 담긴 원반인지 부메랑인지를 여러 개 날렸다. 나는 생각했다. 김정민의 모든 노래가 내 노래다. 저 원반도 내 거다. 나는 원반을 받기 위해 있는 힘껏 점프했다.

둥절하는 내게 간호사님은 전화번호가 적힌 메모지를 주셨다. 간호사님의 도움을 받아 그 번호로 전화를 걸었지만 아무도 받지 않았다. 일단 메모지를 접어 주머니에 넣고 난생처음 써 보는 목발을 한 걸음 한 걸음 짚으며 집으로 왔다. 치료비 문제가 말끔히 해결되다 보니 콘서트 끝나고 친구들이랑 농구를 하다가 다쳤다는 완전범죄의 거짓말을 할 수 있었다.

다음 날 저녁, 학교를 마치고 돌아와서 그 번호로 똑같이 전화를 걸었다. 이번엔 누군가가 전화를 받았다. 목소리를 들어 보니 그때 내 옆에서 괜찮냐고 물어봐 준 그 아저씨인가 싶었다.

"저, 저기 제 치료비 내주셨다고…."

"아, 잠시만요."

아저씨가 내 말을 끊더니 옆자리의 다른 누군가를 바꿔 주셨다. 나는 순간 심장이 멎는 줄 알았다. 김정민 형님이었다.

"괜찮아? 부러졌대매?"

"아, 부러진 건 아니고 금 갔대요."

"원반 받다가 그랬어? 그러게 왜 의자 위에서 뛰고 그랬어?"

이유는 모르겠지만 눈물이 왈칵 났다.

"중학생이라고 그랬나? 중학생이 혼자 왔어? 꿈이 뭐야? 가수야?"

"아니요, 가수는 아니고요. 공연, 콘서트 그런 거 만드는 사람이요."

"진짜? 그럼 나중에 동생이 꿈을 이루면 형 콘서트를 하면 되겠네."

"네!"

"발목 다 나으면 이 번호로 전화하고 놀러 와. 형이 짜장면 사 줄게."

짜장면 사 주신다는 약속

그로부터 20여 년이 지난 2017년, 나는 꿈에 그리던 우상 김정민 형님의 콘서트를 기획하게 되었다. 형님과의 기획회의 날, 두근거리는 가슴을 부여잡고 형님께 물어보았다.

"그때 혹시 기억나세요? 20년 전 일인데…."

김정민 형님은 정확하진 않아도 콘서트장에서 누가 다쳤다는 건 확실히 기억이 난다고 하셨다. 그게 바로 나라고 말씀드리자 놀라셨다. 그때 짜장면 사 준다며 놀러 오라 하셨다고 이야기하니, 당시 팬들한테 그런 얘기를 많이 했었다고 하셨다.

이 악물고 버티니 내 스타를 만나고 그와 함께 콘서트를 만들었다. 난 이렇게 꿈 하나를 이뤄 냈다. 공연기획자가 계속 작

김정민 콘서트 전날, 최종 준비 상황을 체크하며

김정민 형님은 밴드 멤버들이 편하게 연주할 여건을 만들어 달라고 거듭 당부하셨다. 콘서트를 마친 후 무대에 너무 많은 예산을 들인 게 아니냐고 하셨지만 회식 자리에서 "성모! 무대 칭찬해!"라고 말씀해 주셨다.

품을 하고, 고민하고, 사람들을 만나 설득하고 때론 애원하는 이유는 본인이 다다르고픈 정점, 목표가 있고 그걸 공연을 통해 이루어 내고 싶기 때문일 것이다. 이건 모든 공연기획자가 지닌 공통점이다. 그리고 그때도 눈물이 날 것 같아서 드리지 못한 이야기.

"형님, 그때 치료비 내 주셔서 고맙습니다."

아버지의 문자

아버지는 내가 공연일을 시작한 뒤에도 꽤 오랫동안 내게 '정말 괜찮은지'를 물으셨다. 친척분들께도 내 근황을 얘기하실 때마다 "대학에서 강의 하면서 조그맣게 자기 일 해요."라고 본업과 부업을 바꿔 말씀하셨다. 친구분들 자녀가 대기업에 다닌다는 이야기를 들으실 때 공연기획자보다는 대학교수(사실 시간강사 신분이지만)라는 타이틀이 더 적절하게 생각되어서 그러셨을 것이다. 자랑스러운 아들이 되지 못해 죄송한 마음도 있었지만 내심 섭섭하기도 했다.

그런 아버지가 어머니와 함께 김정민 콘서트에 오셨다. 꿈을 이룬 현장에서 물 만난 고기처럼 연출하고 지시하는 아들의 표정을 보며 내 열정을 느끼셨나 보다. 콘서트를 마치고 사나흘쯤 지나 아버지께 문자를 받았다.

성모야 열린음악회 틀어 봐. 네가 제일 좋아하는 가수 나온다. 김종민 김종민? 채널을 돌려 <열린 음악회>를 보니 김정민 형님이 <슬픈 언약식>을 목청껏 부르고 있었다. 내가 아버지에게 받은 문자 중에 가장 가슴 벅찬 메시지였다.

6장

언젠가 다시 할 수 있겠지

"결국 돈이 들어오지 않았어. 우리 마지막 공연 하지 말자."

넌버벌 퍼포먼스 〈펀치〉의 마지막 공연 날, 난 연출가에게 문자를 보내 보이콧을 제안했다. 내가 배우와 스태프 들을 지킬 수 있는 유일한 방법은 보이콧뿐이라고 생각했다. 그래야 투자사를 압박할 수 있을 것 같았다.

한참이 지나도록 연출가에게선 답이 오지 않았다. 그리고 꽤 시간이 지나 연출가는 짧은 답문자로 내 제안을 걷어찼다.

"막공이잖아요. 저렇게 열심히들 하는데 건드리지 말아 주세요."

건드리지 말아 달라. 화가 났다는 의미와 지금 열심히 하는 사람들이 잘 달리도록 그냥 두자는 의미가 동시에 읽혔다. 내 제안을 받아들이지 않은 배우와 스태프 들은 그렇게 마지막까지 땀을 뻘뻘 흘리며 공연을 했고, 그렁그렁 눈물 맺힌 눈으로 막공 인사를 했다.

흔들림과 무너짐

시작은 그랬다. 우리끼리 모이면 다 해낼 수 있을 거라 생각했다. 우리가 만들고 싶은 작품의 장르는 넌버벌 퍼포먼스(비언어극)였다. 논리적으로 우리가 제작하기에 너무나도 적합한 장르였다. 몸짓으로 대사를 전달하는 넌버벌이기에 쉽고, 그래서 남녀노소 내외국인 모두가 볼 수 있는 공연이기에 새로운 관객 개발에도 적합하고, 여기저기 유통되기도 그 어떤 장르보다 수월할 것이라고 생각했다. 대한민국을 대표할 만한 멋진 공연으로 만들면 영국 에든버러 프린지 페스티벌에 출품할 수도 있지 않을까 싶었다. 선배님들이 만들어 놓으신 〈난타〉, 〈점프〉가 갔던 그 길처럼.

내 주변에서 이 작품을 잘 연출할 수 있는 사람은 유병은 연출가밖에 없었다. 아이디어도 많았고, 연기도 잘하는 친구였다.

내가 공연기획자가 되고자 일을 배울 때 그는 연출가가 되고자 준비를 하고 있었는데, 뭐든지 나보다 빠르게 배우고 익혔다. 유병은 연출가를 필두로 실력 있는 분들이 속속 합류하여 팀을 꾸리고 공연 준비에 들어갔다.

그렇게 시작은 했으나 안정된 투자 기반을 확보하는 것이 쉽지 않았다. 예산을 확보하지 못한 우리 팀은 점차 흔들렸다. 작품은 회차를 거듭할수록 안정되어 가는데, 적절한 지원과 보상이 뒷받침되지 못하니 배우와 스태프 들의 사기와 열정에도 조금씩 균열이 생겨나기 시작했다. 이런 조짐이 보이는 것만으로도 작품의 프로듀서로서, 그리고 공연기획자로서 나는 큰 실책을 범한 것이었다. 심지어 그 균열들을 복구하지 못했으니 아예 낙제 수준이었다. 부족한 여건 속에서도 희생하고 헌신하며 작품을 창작하고 유지해 낸 유병은 연출가와 배우들 앞에서 나는 도망을 쳐 버렸다. 치사하게.

유병은 연출가와는 그렇게 관계가 서먹해졌다. 2012년 늦봄이었다. 딱 10년 전인 2002년은 그저 기쁘고 짜릿했던 때로 기억되지만 2012년은 몹시도 불편한 기억으로 남아 있다. 부끄럽고 치사한 내 모습이 떠오르기 때문이다. 나는 유병은 연출가에게 한참 동안 연락을 하지 않았다. 미안함과 부채감이 있기에.

넌버벌 퍼포먼스 〈펀치〉 공연 장면

이종격투기를 소재로 했던 작품이기에 매 공연마다 긴장을 놓을 수가 없었다. 배우들의 탈진한 듯한 무대 위 모습이 연기인지 아니면 실제인지 관객분들도, 나도 늘 궁금해하면서 마음을 졸였다.

광산마을에서의 재회

그에게 연락이 온 건 시간이 한참 흘러 2014년이 되었을 때였다. 오랜만의 통화에서 그는 국내 최대 창작 뮤지컬인 〈프랑켄슈타인〉의 무술감독을 맡게 됐는데, 내게 그 공연을 보여 주고 싶다는 이야기를 했다. 서로 교류가 없던 2년 동안 그는 굵직굵직한 작품의 연출을 맡아 탄탄한 입지를 다지고 있었다. 나는 여전히 헤매며 정체되어 있는데 혼자서 저만치 앞서나간 그의 활약이 내심 부러웠다.

2년 만에 만난 유병은 연출가와 나는 충무아트센터 로비에서 말없이 서로를 안았다. "오랜만이다."라는 다섯 글자에 서로 하고픈 말을 다 담았던 것으로 기억한다. 주로 소극장 창작 연극과 창작 뮤지컬을 만드는 프로듀서로 살아온 나와 다양한 대극장 뮤지컬 작품에 참여한 유병은 연출가. 우리는 서로가 이 세계를 벗어나지 않았다는 것을 확인했다. 유병은 연출가의 심정은 알 길 없지만 나는 안도감이 먼저 들었다. 다시 함께할 수 있겠다는 안도감.

우리는 작품으로 다시 뭉쳤다. 그가 극작과 연출을 맡은 뮤지컬 〈1976할란카운티〉에서였다. 난 〈펀치〉 때를 떠올리며 다시는 프로듀서로서 이 연출가와 갈등하지 않으리라 마음먹고 최선을 다했다. 부족한 예산은 내 사비로 메웠고 프로덕션의 균열이 조금이라도 보이면 방안을 찾아 복구했다. 배우와 스태프들의 표정이 밝은지를 늘 살폈고 배우분들에게, 연주자분들에게, 스태프분들에게 이 작품이 행복한 기억과 기록이 되길 바라는 마음으로 임했다. 코로나19가 한참 극성이던 2021년 3월 연습 때부터 7월 공연 종료 시까지 우린 그 어떤 팀들보다 행복했고 탄탄했으며, 성과도 물론 그러했다.

"작품 참 좋았어. 언젠가는 다시 해야 되는데. 그치?"

연습 때나 공연 때나 우리는 틈만 나면 〈펀치〉 얘기를 꺼냈다. 누가 먼저랄 것도 없이. 연출가가 계속 발전하고 있고, 언젠간 해야겠다고 마음먹은 기획자가 있으면 반드시 공연으로 만들어진다는 걸 우리 둘은 안다.

공연기획자들은 이렇게 시도하고 또 시도한다. 정확하고 치밀한 계산과 논리가 있어야 시작하기도 하지만 정반대로 목표와 욕구를 위해 앞뒤 재지 않고 거침없이 시도하기도 한다. 시도하지 않으면 얻을 수 없는 교훈들이 있다. 즉 배우기 위해 시도한다. 아무것도 하지 않으면 아무것도 변화하지 않으니까. 공연기획자는 숫자로 표기되는 차가운 결과를 이성으로 받아들이는 동시에 마음으로 느껴지는 뜨거운 교훈을 받아들이고자 하는 낭만이 있다. 이 책을 통해 다시 한번 다짐한다. '아쉬워 말자, 우린 시도했잖아. 그리고 〈펀치〉 꼭 다시 하자.'

무대를 만드는 사람들

연출가

공연 작품의 예술적 방향과 비전을 제시하고, 배우들의 연기와 스태프들의 역량이 조화를 이루도록 조율하는 사람을 연출가라고 한다. 연출가는 공연의 스토리 전개와 흐름, 각 장면의 구성 등을 결정해 관객들이 만나게 되는 공연의 최종 결과물이 완성도 있게 만들어지도록 하는 책임자다.

2막

일이
이렇게 재미있어도
될까

연극 <찬란하지 않아도 괜찮아>
무대디자인 정성주

중학교 3학년 때, 보습학원에 다니며 주말에도 종종 자율학습을 했다. 늦게 시작한 공부를 따라가려면 남들보다 많이 하는 수밖에 없었다. 주말에 학원에 갈 때는 점심 도시락을 싸서 다녔다. 그리고 선생님들이 식사하실 때 옆에 앉아서 먹었다.

한번은 어머니께서 도시락을 깜박하신 날이 있었다. 그날 어머니는 내게 5,000원짜리 지폐 하나를 쥐여 주시며, 선생님들 식사 시켜 드실 때 오늘만 좀 같이 시켜 먹으라고 당부하셨다.

점심시간이 되기 전, 교무실을 찾아갔다. 선생님들께 도시락을 깜박했다고 말씀드리고는 주말까지 나와서 열심히 하는데 밥을 좀 사 달라고 졸랐다. 선생님들은 돈이 없냐고 물으셨고, 난 당연히 없다고 답하며, 밥을 사 주시면 다음 중간고사에서 향상된 성적으로 갚겠다고 약속했다. 지금 생각해 봐도 탁월한 협상력이었던 것 같다.

"중국집에 시킬 건데 성모 넌 뭐 먹을래? 선생님들은 다 짜장면 통일할 거야."

"네. 저는 잡채밥을 먹겠습니다."

"응? 그…, 그래."

선생님들께서 짜장면으로 통일하신 건 하신 거고, 나는 짜장면이 싫었다. 지금도 별로 안 좋아한다.

아버지께서 어렸을 때 해 주셨던 말씀 중 아직도 정확히 기억나는 말이 있다. 하고 싶은 말이 있을 때 이리 재고 저리 재도 옳다는 생각이 들면 그 말은 꼭 하며 살라는 말이다. 표현하고 싶은 건 표현하라는 의미였을 것이다. 무조건 참고 삭히는 게 옳은 건 아니라는 뜻으로 받아들였는데, 이런 생각 때문에 난 스스럼없이 의견을 잘 말하는 편이었다. 어렸을 적 눈치 없다는 얘기나 철이 없다는 얘기도 종종 들었다. 그래서 잠시 표현을 자제했던 시기도 있었는데 도저히 입이 간지럽고 마음도 답답해서 행복하지 않았다. 결정을 해야 했다. 무언가 참아 내고 감내하며 조용히 살아갈 것인가, 아니면 속에 있는 걸 꺼내 놓고 시원하게 살아갈 것인가.

나는 후자를 선택했다. 뒤에 수반될 것들을 극복할 수만 있다면 그렇게 사는 것이 행복한 삶이라고 생각했다. 물론 점차 나이를 먹으며 때와 장소를 고려하기 시작했고, 표현도 조금은 정돈이 되며 조리 있게 말하는 방법도 함께 배운 것 같다.

이러한 '하고픈 말의 표현 욕구'는 지금 내 삶에 상당 부분 영향을 주었다. 공연을 통해 내가 세상에 하고픈 이야기를 담아 보내고 있기 때문이다. 공연의 소재와 메시지의 개발, 결정의 책임은 오롯이 공연기획자의 몫이다.

공연기획자가 하나의 공연을 기획하고 제작하는 시작점은 다양한 경로로 결정된다. 좋은 작가(대본)와 작곡가(음악)에게 기획자가 접근하면서 시작되는 경우도 있고, 기획자가 먼저 어떤 소재나 상황, 메시지를 결정한 후 그에 적합한 작가와 작곡가, 연출가를 섭외하면서 시작되기도 한다. 또 국내외 원작의 라이선스를 구매해 기획과 제작이 시작되기도 한다. 시작이 어떻더라도 변하지 않는 점은, 공연에서 무슨 이야기를 할 것인가는 결국 공연기획자가 결정한다는 것이다. 물론 예술가들의 집단인 극단에서도 어떤 이야기를 공연에 담을지 결정할 수 있다. 하지만 이 경우 기획자가 아닌 예술가가 결정한다는 의미가 아니라, 예술가가 기획자적인 입장에서 결정한 것이라고 보아야 맞을 것이다.

*

2010년, 고작 4년 차 PD였던 나는 공연기획자의 역할을 더 잘하고 싶어서 멀쩡히 다니고 있던, 심지어 제법 잘 나갔던 공연 제작사를 뛰쳐나와 독립을 했다.

기존에 몸담고 있던 제작사에서 내 임무는 이미 제작되어 있던 공연을 관리하는 것이었다. 꿈을 좇아 용기를 내 공연제작사에 입사했지만 동일한 공연의 유통과 운영을 담당하다 보니 늘 새로운 이야기, 새로운 공연이 고팠다. 한번은 이런 고민을 존경하던 선배에게 털어놓았더니 놀라운 대답이 돌아왔다.

"신규 콘텐츠 창작을 그렇게 하고 싶으면 나가서 네가 직접 해. 넌 해낼 수 있다!"

선배의 이 기분 좋은 거짓말이 나를 무모한 도전으로 이끌었다. 2010년 5월 1일, 지금의 내 프로덕션을 개업하고 기획에 착수해 나갔다. 똑똑하고 철저한 준비만이 성공적인 결과를 만들어낸다는 판단으로 온갖 가설을 세우고 논리와 합리를 만들었다. 정말이지 인지도가 눈곱만큼도 없는 제작자와 제작사라는 약점을 어떻게 극복할 수 있을지에 대한 답을 찾아야 한다는 생각이었다.

당시 내 결론은 원작이 있는 작품을 해야 한다는 것이었다. 즉 어느 정도 인지도를 갖춘 작품을 원작으로 삼아 공연을 만들면 낮은 인지도의 제작자와 제작사라는 리스크를 조금은 해결

온갖 가설을 세우고 논리와 합리를 만들었다.
정말이지 인지도가 눈곱만큼도 없는
제작자와 제작사라는 약점을 어떻게 극복할
수 있을지에 대한 답을 찾아야 한다는
생각이었다.

할 수 있으리라 믿었다.

좋은 원작을 찾아야 했다. 그간 살아오면서 감명 깊게 본 모든 드라마와 영화를 되뇌며 콘텐츠를 찾았다. 너무 유명한 톱스타가 주인공이었던 작품은 피해야 했다. 공연에 출연하는 배우가 너무 부담을 안게 될 것 같아서였다. 몇백만 명이 관람할 만큼 크게 흥행한 작품도 피해야 했다. 그만큼 원작 사용료가 높을 것 같아서였다. 배우들이 너무 많이 나오는 작품도 피해야 했다. 예를 들어 영화 <태극기 휘날리며> 같은 경우 필수 캐릭터만 수십 명인데, 제작비가 감당이 되지 않을 것이 뻔했다. 너무 선정적이거나 자극적인 작품도 피해야 했다. 온 가족이 함께 볼 수 있는 작품을 만들고 싶어서였다. 우주, 항공, 항만 등이 배경인 작품도 피해야 했다. 적절한 세트를 구현하기에는 부담이 너무 컸다. 너무 어렵고 실험적인 드라마나 영화도 피해야 했다. 이건 그냥 내가 싫어서였다.

대중들에게 어느 정도 알려져 있으면서, 주인공이 너무 큰 부담을 지지 않고, 관객의 연령대도 넓고, 보편타당한 이야기를 하는 작품을 찾고 싶었다. 사실 독립하기 전부터 이런 생각을 조금씩 하고 있었는데, 2009년 가을 내가 좋아하는 배우 한 분이 세상을 떠나는 일이 생겼다. 여러모로 내 의식의 흐름은 내가 사랑했던 소설, 영화화되기도 한 작품 <국화꽃향기>로 흐르고 있었다.

*

하나에 꽂히면 더 나은 대안이 나오기 전까지는 뇌리에 아주 강하게 박혀 빠져나오지 않는다. 내가 공연기획자로 처음 기획한 공연 <국화꽃향기>부터 지금까지 무대에 올렸던 모든 작품이 그랬다.

원작이 있는 작품을 공연으로 만들 경우 장단점이 확실하다. 물론 인지도가 있다는 점이 가장 큰 장점이고, 관객이 스토리를 어느 정도 알고 있기에 예상을 벗어난 전개나 장면을 구상해야 한다는 부담감은 단점이다. 연극 <보도지침>이나 <인계점>처럼 실존 인물을 바탕으로 만든 작품들은 더욱 신중할 수밖에 없다. 작품의 모티브가 되신 분들께 혹시 누가 되지 않을까 하는 걱정도 자유로운 상상과 표현 의지에 영향을 준다.

그러나 원작을 기반으로 했더라도 공연으로 처음 선보이는 작품이면 그건 창작 연극, 창작 뮤지컬임에 틀림없다. 아무리 원작의 스토리와 캐릭터, 배경 등이 만들어져 있더라도 '무대'에서 이루어지는 공연의 특수성에 맞게 전체를 조정해야 하는, 즉 새로운 연극과 뮤지컬을 만드는 품보다도 더한 노력이 들어가는 것이 사실이다. 게다가 원작자나 기존 팬덤의 의견과 감동을 깨뜨리지 않도록 더 조심해야 한다.

나는 원작을 활용하여 작품을 만드는 것을 즐겼으나 함께 했던 작가님들과 작곡가님들은 늘 힘들어했다. 자유롭지 않다는 느낌이 든다거나 이렇게 수정해도 괜찮을지 판단해야 하는 스트레스 때문이지 않았을까. 그 스트레스를 이겨 내고 멋진 작품을 만들어 준 작가님들과 작곡가님들께 감사드린다.

1장

사랑은 이렇게

"왜 이렇게 날 사랑하니?"

"당신이니까요."

영화 〈국화꽃향기〉에서 서로 사랑하는 남녀가 나누는 대사이다. 누가 들으면 손발이 오그라들 것 같다고 할지도 모르겠다. 그러나 내게는 소중한 마음속 기록이고 추억이기에 이 대사를 들으면 아련해지고 마음도 따뜻해진다. 나는 대학 시절 친한 친구와 함께 이 영화를 봤다. 영화의 분위기와 이야기가 너무 좋아 영화관에서 나오자마자 맞은편에 있던 레코드숍에 들러 이 영화의 OST CD도 구매했었다. '그래 맞아! 사랑은 이렇게 하는 거야!'를 가르쳐 준 이 영화가 나와 이렇게 긴 인연을 가지리라고는 당시에는 전혀 생각하지 못했다. 〈국화꽃향기〉는 2011년부터 지금 이 글을 쓰는 2025년까지 나와 함께하는 우리 프로덕션 대표 콘텐츠가 되었으니 만으로 14년, 짧지 않은 인연이며 아직도 진행 중인 인연이다.

서른 살, 의욕에 넘쳐 회사를 차리고 처음 무대에 올린 작품이 바로 〈국화꽃향기〉였다. 당시 세상모르고 사랑할 나이였으니 사랑에 관한 얘기를 하고 싶었고, 대학에서 공부한 사회복지학의 관점을 바탕으로 여성에 대한 얘기를 하고 싶기도 했다. 내겐 대학 시절 소중한 추억이 되어 준 〈국화꽃향기〉가 있었다.

우여곡절 끝에 공식적으로 이 작품의 원작 사용 허락을 받게 된 순간, 정말 뛸 듯이 기뻤다. 그러나 실제 관객분들을 만날 수 있었던 건 그날로부터 무려 13개월이 지난 후였다. 그 13개월이 그리 평탄하게 지나가지는 않았다. 무대극에 맞게 원작을 각색하고 장면을 개발했다. 영화의 원작 소설을 있는 그대로 대본화하는 작업이 아니었다. 영화의 경우에도 그 특성에 맞게 소설을 각색하거나 사건을 창작해 제작하는 것처럼, 공연도 그러한 설정과 인물, 장면, 대사의 창작이 필요했다. 그 과정에서 원작이 전달하려는 메시지가 흔들리지 않도록 잘 유지해야 했다.

나는 우선 노래가 있는 연극을 만들고 싶었다. 원작 소설에서 주인공 남녀가 만나는 곳은 영화 동아리였는데, 영화에서는 역사 동아리로 변경되었다. 연극에서는 이를 음악 동아리로 바꾸면 좋겠다는 생각이 들었다. 내가 대학 때 음악 동아리를 해서 그랬던 건 아니지만, 아예 영향이 없었던 것은 또 아닌 것 같다. 암튼 음악으로 무언가를 전달하고 표현하면 재미있는 장면을 파생시킬 수 있겠다는 확신이 들어 각색 작가로 합류하신 정가람 작가님께 여러 번 간곡히 부탁드렸다. 그리고 당시 캐스팅을 위해 접촉 중이던 이건명 배우님과 배해선 배우님이 노래를 무척이나 잘하시기에 이분들의 능력이 무대에서 돋보이길 원해서였기도 했다.

오래 기다린 보람

사실 배해선 배우님과는 특별한 인연이 있었다. 내가 재수생이던 2000년, 〈지하철 1호선〉이라는 뮤지컬이 꼭 보고 싶었다. 어렵게 돈을 모아 대학로에 그 공연을 보러 갔는데, 당시 선녀 역할을 맡은 배우에 계속 눈이 갔다. 젊고 혈기 넘치던 내 눈에 배해선 배우님은 뭐랄까, 지금의 블랙핑크 제니 못지않은 아우라와 미모가 느껴졌다. 공연이 끝나고 다들 집으로 향할 때,

나는 극장 앞에 서서 다이어리와 네임펜을 들고 기다렸다. 극장 앞에는 젊은 남자들이 꽤 많았는데 아마도 나와 같은 사람을 기다리는 것 같아서 괜히 신경 쓰였다. 배해선 배우님이 나보고 기다리라 한 것도 아닌데.

꽤 오랜 시간이 지나 분장기 하나 없이 나오신 배우님을 만나 사인을 받았다. 스마트폰이 없던 시대라 사인이 전부였지만 꽤 긴 시간 대화를 할 수 있었다.

"누나, 오늘 공연 진짜 잘 봤어요. 팬이에요!"

"아이고, 고오맙습니다."

"저 뮤지컬 기획자가 꿈이라서요."

"응. 그랬구나. 잘 왔어요. 잘 왔어요."

"나중에 제가 뮤지컬 만들면…."

"어휴, 불러 주시면 제가 출연하지요."

"진짜요? 진짜죠? 감사합니다!"

그렇게 딱 10년 후 그 다이어리의 사인을 들고, 배해선 배우님과의 미팅을 위해 예술의전당으로 향했다. 카페에 앉아 배해선 배우님과 공연 기획안을 같이 보며 이런저런 얘기를 나누다가 슬쩍 다이어리를 보여 드렸다.

"아휴, 이거 뭐 짤 없이 해야겠네."

10년 전의 대화 덕에 배해선 배우님을 캐스팅하고 그 인연으로 이건명 배우님도 수월하게 우리 배에 탑승시킬 수 있었다.

"이건명 배우님. 배해선 배우님 하시기로 하셨어요."

"해선이가 한대요? 그 사냥개가? 그럼 저도 할게요."

천사 같은, 선녀 같은, 블랙핑크 제니보다 예쁘고 반짝반짝하신 배해선 배우님을 이건명 배우님께서는 대체 왜 사냥개라고 불렀는지 아직도 그 이유를 잘 모르겠으나, 일단 난 이 두 분과 함께여서 든든하게 시작했다. 〈국화꽃향기〉가 시즌을 거듭하며 오래도록 공연될 수 있었던 이유도 초연을 이 두 분이 해 주셨기 때문이 아니었을까 싶다.

어떻게 변주할 것인가

공연기획자는 작가, 작곡가, 연출가 같은 예술가분들을 만나기 전 작품에 대해 나눌 얘기를 철저히 생각한다. 멀리까지 바라보고 상상하면서 만난다는 표현이 적절할 것 같다. 그렇게 준비를 해도 예술가들의 상상과 표현의 방향을 따라갈 수 없는 경우가 태반이다.

"대학 축제 때 여자의 노래를 듣고 남자가 첫눈에 반하는 거죠. 그래서 동아리에 가입하려고 노래 연습을 해서 결국 동아리에 가입하게 되고요. 노래를 가르쳐 주고, 배우고, 함께 부르면서 서로에 대한 감정을 키워 가다가 남자가 직접 만든 아마추어틱한 노래로 여자에게 고백을 하는 거예요."

정가람 작가님을 만나서 이런 생각을 했다고 말씀드렸다. 작가님도 내게 극작 계획을 말씀해 주셨는데, 영화에서는 남녀 간의 사랑에 방점을 두었지만 연극에서는 여자의 고민에 방점을 두면 좋겠다고 하셨다. 그리고 여자는 아이를 가졌을 때 그렇게 엄마 생각을 많이 한다고 알려 주셨다. '우리 엄마도 내가 배 속에 있을 때 이런 생각을 하셨겠네.' '이렇게 고생하셨겠네.' 하는 생각들. 영화에는 없는데 소설에는 있는 부분이었다. 연극에서 잘 살릴 수 있는 요소라는 작가님의 말씀을 듣고 이 지점을 원작 소설보다 더 강조하기로 했다.

같은 〈국화꽃향기〉인데 우리 공연에만 있는 엄마와의 통화 장면은 그렇게 탄생했다. 별거 없어 보이는 몇 분짜리 한 장면, 자지러질 만한 대사도 없이 잔잔히 흘러가는 이 전화 통화 장면에서 많은 관객분이 눈물을 흘리셨다. 우리끼리 '수도꼭지 장면'이라고 부를 정도였다. 물론 여주인공을 거쳐 가신 많은 배우분들께서 잘 연기해 주신 덕분이었다.

원작 또는 영화와 차별성을 갖는 방법은 이런 거다. 원작을

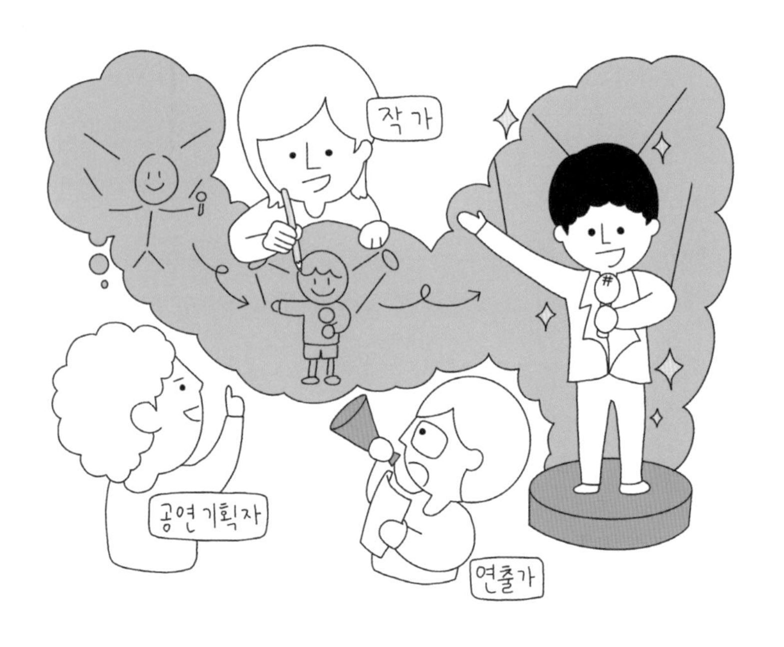

공연기획자는 예술가분들을 만나기 전
작품에 대해 나눌 얘기를 철저히 생각한다.
그렇게 준비를 해도 예술가들의 상상과
표현의 방향을 따라갈 수 없는 경우가
태반이다.

이미 접한 사람들이 공연을 재미있게 보려면 예상대로 전개되어서는 안 된다. 예상한 대로 흘러가면 흥분지수가 오르지 않고, 지루하게 느껴질 확률이 높다. 작품 자체가 재미없어서가 아니라 다음 장면을 이미 알고 있기 때문이다.

감정을 톡 건드리려면

원작에도 없고 영화에도 없는 장면이 또 하나 있다. 공연 마지막의 정서를 슬픔과 괴로움이 아닌 그리움과 소중함으로 바꿔 주는 장면이다.

"자연의 빛깔을 받는 일이 쉬우면 안 되지. 설레는 봄의 마음으로 염료를 만들고, 푹푹 찌는 여름 볕처럼 끓이고, 손 바쁜 가을 들판처럼 바지런히 몸을 놀려야 모든 색을 다 지닌 겨울 같은 은은한 빛이 나오는 거지. 엄마가 되는 일도 같은 맘인 거 잘 알지?"

아까 눈물을 한가득 흘린 관객들은 토닥토닥 괜찮다고 위로하는 듯한 대사를 들으며 여주인공의 아이를 만날 준비와 여주인공을 떠나보낼 마음의 준비를 한다. 정가람 작가님 특유의 따뜻하고 찡한 감성이 담긴 이 대사는 우리 대학원 지도교수님께서 극찬을 하시며 문자로 보내 달라는 요청을 하시기도 했다.

이렇듯 장면의 배치 전략과 감정의 계산, 여러 고민과 고생을 겪으며 한 편의 공연이 무대에 올라가면 마치 자식이 태어난 듯한 느낌을 받는다. 많은 사람의 노고와 밤샘 작업, 관심과 응원이 모여 만들어졌기에 그저 소중하고 사랑스럽다. 그렇기에 작품이 공연되는 과정에서 완성도를 위해 특정 장면이나 대사를 과감히 뜯어고치는 등 수정과 보완을 반복하면서 오랫동안 건강하게 커 나가길 바라는 마음을 작품에 담는다. 이렇게 사랑받는 작품은 세상의 흐름과 변화에 맞추어 긴 시간 동안 관객들을 만나게 된다. 그러면서 끊임없이 관객들과 교감한다. 2011년 처음 시작한 연극 〈국화꽃향기〉는 2012년 재연, 2013년 삼연 이후 2014년에는 뮤지컬로 새롭게 각색되어 2018년까지 약 10만 명의 관객분들을 만났다.

감사하게도 소설과 영화로 〈국화꽃향기〉를 이미 만나 보신 많은 관객분께서 공연을 호평해 주셨다. 모 기자님께서는 공연만의 매력을 잘 살렸다고 특별 기사를 써 주시기도 했고, 모 기업에서는 사내 임직원 선물을 위해 통 크게 티켓 500매를 구매해 주시기도 했다. 내가 처음 원작 소설과 영화를 접하며 느꼈던 '그래 맞아! 사랑은 이렇게 하는 거야!'라는 생각이 소재와 메시지가 되어 새로운 매력을 가진 공연으로 다시 태어나는 과

뮤지컬 <국화꽃향기> 공연 장면

미주와 승우는 산책 중에 서로를 아끼고
사랑하는 노부부의 모습을 보게 된다.
관객분들의 감정이 과도한 슬픔으로 몰리지
않게 정서의 균형을 위해 기획된 장면이며,
관객분들이 뽑은 베스트 장면이기도 하다.

정을 알차게 잘 경험했던 시간이었다. 영화 속 희재와 인하처럼, 연극 속 미주와 승우처럼 이 세상 사람들이 변함없이 서로를 사랑해 주고 아껴 주는 인연을 만나길 바란다.

무대를 만드는 사람들

조명디자이너와 현장조명감독

어두운 무대를 비추는 조명은 우리의 생각 이상으로 중요하다. 다양한 조명 기구의 특성을 고려해 공연의 분위기를 살리고 캐릭터들의 감정이 잘 전달되도록 조명의 배치 및 설치를 주도하는 사람을 조명디자이너라고 한다.
실제 공연에서는 조명디자이너가 디자인한 흐름에 맞춰 담당자가 실시간으로 조명을 조정하는데, 이 담당자를 현장조명감독이라고 한다. 현장조명감독은 계획에 따라 조명 장비를 조작하고 연출가와 무대감독의 지시에 맞춰 무대 위 조명 구현을 책임진다.

2장

두 번째 아버지

난 아버지가 두 분이다. 우리 아버지, 그리고 〈국화꽃향기〉 원작자이신 소설가 김하인 선생님. 어버이날 부모님께 연락을 드리거나 찾아뵙듯이 난 몇 해 전부터 김하인 선생님께도 인사를 드린다. 처음에는 스승의날에 연락을 드리다가 시간이 지나며 어버이날에 안부를 여쭙기 시작했다.

늘 흥행과 순익, 매출에 예민하게 반응하면서 때론 흥분했다가 때론 좌절했다가를 반복하는 삶을 살 수밖에 없는 공연기획자 이성모는 선생님께 참 못된 아들이기도 하다. 늘 일 때문에 힘들거나 괴로울 때만 연락을 드리는 것 같아서다.

요즘 너무 힘들다고 말씀드리면 김하인 선생님은 (당신이 계신) 강원도 고성에 오라고 말씀해 주신다. 개인적으로 괴로운 일이 있었던 2016년 여름, "선생님, 찾아뵈려고요."라는 한 줄짜리 문자를 드렸는데, 선생님께서는 왜 오는지, 무슨 일이 있는지 묻지 않으시고 "그래, 조심히 오너라." 해 주셨다. 문자를 받자마자 차에 올라 선생님께서 운영하시는 펜션에 도착했다. 밤 열 시가 넘은 시간이었는데, 선생님과 사모님은 주무시지 않고 기다리고 계셨다. 사모님이신 도예가 정재남 선생님께서 직접 빚으신 주먹만 한 만두가 들어간 만둣국과 바닷물에 직접 절여 담그신 김치를 내어 주셨는데 말없이 만둣국을 먹다가 눈물이 눈에 꽉 찼던 기억이 난다. 그 모습을 보신 선생님께서는 아무런 말씀 없이 소주를 한 잔 따라 주시고는, 몇 잔 마시고 방에 올라가서 푹 자라고 말씀해 주셨다.

소주를 서너 잔 마시고 올라가 누웠는데, 눈을 뜨니 멀리 동해 바다의 새파란 파도가 눈에 들어왔다. 따스한 빛이 방안을 밝히고 있었다. 시계를 보니 오후 세 시였다. 열다섯 시간을 내리 잔 셈이었다. 1층으로 내려가 사모님께서 직접 내려 주신 커피를 마시고 바닷가 산책을 나갔다. 바닷바람이 아주 좋았고 머리가 가벼워졌다. 끝이 보이지 않는 바다에서 밀려오는 파도가 나를 위로하는 손길로 느껴졌다. 습했으나 땀이 날 정도는 아니었고 바다의 짭조름한 내음이 고소하게 느껴졌다.

멀리 펜션 입구에 계신 사모님께서 라면 먹으러 오라고 부르시는 목소리가 들렸다. 펜션으로 총총 돌아가 1층 로비에 앉아 라면을 먹었다. 김하인 선생님께서는 역시 별다른 말씀 없이 어제보다 표정이 나아졌다며 있고 싶은 만큼 있다가 가라고 말씀해 주셨다. 선생님의 생각은 다음번에 꼭 한번 여쭤볼 테지만 선생님과 나 사이는 시간이 만들어 준 관계이고, 잦은 발걸음과 진심이 이끌어 준 부자 관계일 거라고 믿고 싶다.

일단 한번 찾아가 보자

선생님과의 첫 만남은 2010년 초겨울이었다. 엄밀히 말하면 만남은 아니다. 찾아뵈었으나 직접 뵙지는 못했으니까. 녹색 검색창에 '김하인 아트홀'을 검색하니 강원도 끄트머리 고성에서 검색이 되었다. 서울에서 서너 시간 걸리는 거리였다. 그곳으로 무작정 갔다. 이유는 당연히 선생님의 소설 〈국화꽃향기〉를 공연으로 만들어 보고 싶다는 말씀을 드리기 위해서였다. 직접 운영하시는 펜션에 전화를 거는 방법도 있었지만 말씀드렸을 때 공연권을 허락할 생각이 없다거나 공연으로 만들어지는 것을 원하지 않는다고 하실까 봐 두려웠다.

펜션은 굉장히 아름다운 건물이었다. 바다 바로 앞에 있어서 더 그렇게 느껴지는 것 같았다. 긴장을 부여잡고 문을 두드린 뒤 안으로 들어갔다. 나이 지긋한 여자분이 앉아 계셨다.

"어떻게 오셨어요?"

"저…, 김하인 선생님을 뵈러 왔는데요."

"약속을 하시고 오셨나요? 하인 씨 지금 나가고 없는데?"

"아, 저 그냥 왔습니다. 인사만 좀 드리고 싶어서요…."

당시 나는 진짜 당당하지 못했고, 답답할 만큼 바보같이 쭈뼛댔다.

"혹시 무슨 일로 오셨을까요? 전달을 해 드릴게요."

"아…, 저 그럼…, 이 자료를 좀…."

"네, 거기 테이블 위에 두세요. 들어오시면 전달해 드릴게요."

"예, 가 보겠습니다."

꾸벅 90도 인사를 드리고 나왔다. 지금 생각해 보면 이렇게 연락 없이 고성에 갔었던 게 정말 잘한 일 같다. 사전에 연락이 되었더라면, 통화할 기회가 있었다면 난 무슨 얘기를 어떻게 드렸을까. 내가 차근차근 정돈된 표현으로 의도를 전달할 수 있었을까. 생각해 보면 절대 아니다.

당연하게도 김하인 선생님으로부터는 아무런 연락이 오지 않았다. 예상했던 결과였다. 너무 무작정 찾아가서 자료만 놓고 왔으니 그럴 만도 했다. 이후 보름 즈음 지나 작가님과 이야기를 나누면서 업데이트된 내용을 담아 기획안을 수정했다. 그리고 또 무작정 찾아가 자료를 놓고 왔다. 역시 약속을 하지 않았기에 선생님을 뵙지 못했다. 이후 낯선 번호로 문자메시지를 받았다. 기획안 맨 뒷장에 적힌 내 연락처를 보시고 선생님께서 문자를 보내신 것이었다.

"김하인입니다. 다음번에 오실 때는 연락 주세요. 차 한잔 같이 해요."

기회가 왔다! 마주 앉아 말씀드릴 기회가 생긴다면 절실함을 보여 드릴 자신이 있었다. 그리고 선생님의 원작을 정중히 활용하겠다는 진심을 전달할 수 있을 것 같았다.

중요한 약속 하나

세 번째 만남에서도 허락을 기대하지는 않았다. 그저 나를 소개하고 내가 〈국화꽃향기〉를 얼마나 사랑하는지만 전달할 수 있다면 충분하다고 생각했다. 차근차근 말씀을 드리자 선생님께서도 의견을 주셨다. 원작 소설이 영화로 각색되는 과정에서 생각하셨던 좋았던 점과 아쉬웠던 점, 그리고 특히 당신께서 그리고자 하는 여주인공 미주(영화 속 희재)에 대한 이야기를 많이 해 주셨다. 말씀을 잘 메모하며 듣고는 서울로 돌아와 작가님과 함께 시놉시스를 다시 수정했고, 네 번째 만남에서 선생님의 의견이 반영된 공연 기획안을 다시 보여 드렸다. 이때 선생님께서는 "내가 봐도 재밌겠네."라고 말씀하셨다. 다섯 번째 만남에서는 그 시놉시스를 기반으로 한 대본 초고를, 여섯 번째 만남에서는 다시 선생님의 의견을 반영한 대본 수정고를 보여 드렸다.

"계약은 어떻게 하면 되는가?"

여섯 번째 만남에서 이 말을 듣는 순간 심장이 쿵 내려앉는 것 같았다.

"지금 이 대본대로, 그대로 공연하겠습니다. 그리고 연습 과정 중에 달라지는 장면이나 대사가 있으면 중간중간 연락드려 수정 부분 보여 드리겠습니다. 그리고 제가 서울 가서 출근하자마자 계약서 초안을 메일로 보내 드리겠습니다."

선생님께서는 계약 내용과 비용에 대해서도 흔쾌히 허락해 주셨다. 저작권을 가진 분께 공연 허락을 득하는 자세는 '진심'이었고, 방법은 '발품'이었다. 난 늘 이 방법으로 원작자와 원작사를 만났고, 허락 여부와 상관없이 후회되지 않는 걸음을 해

고성에서 열린 〈국화꽃향기〉 이벤트 공연

고성 밤바다를 배경으로 열린 이벤트 공연에는 많은 관객분께서 찾아 주셨다. 공연 시작 전에는 지역 주민분들께서 준비해 오신 음식을 함께 나누는 시간도 가졌다.

왔다고 자부한다.

선생님께서는 계약서에 사인을 하시며 약속을 하나 해 줄 수 있겠냐고 물으셨다. 난 2015년이 되어서야 그 약속을 지킬 수 있었다. 뮤지컬 〈국화꽃향기〉의 공연을 마치고 출연하셨던 배우분들과 함께 고성으로 향했다. 펜션 앞 고성 앞바다의 파도 소리가 음향이었고, 별빛이 조명이었다. 마당을 둘러싼 펜션 투숙객분과 지역주민분 수십여 명이 관객이었던, 무대·관객·배우의 3요소가 조화롭게 모인 완벽한 공연을 선보일 수 있었다.

"공연 잘되면 언제 우리 펜션 앞마당에서 이벤트 공연 한번 해 줄 수 있나? 무대나 장비 같은 게 변변치 않아서 힘드려나?"

"하겠습니다. 반드시 하겠습니다, 선생님."

더 붙잡을 수 없었을까

"아니, 책도 그렇고, 영화도 그렇고, 연극까지. 정말 이거 너무하신 거 아닙니까."

연극 <국화꽃향기> 첫 공연을 마치고 고 장진영 님의 남편이신 김영균 님이 말씀하셨다. 우리 모두는 아무 말도 할 수 없었다.

장진영 님은 2009년 우리 곁을 떠났다. 영화 <국화꽃향기>에서 그녀가 연기했던 희재와 같은 병인 위암으로. 그녀의 남편인 김영균 님은 그녀를 떠나보낸 후 처음 맞는 장진영 님의 생일을 기념해서 비공개로 진행했던 결혼식 영상을 팬클럽 멤버 일부에게 공개해 주셨고, 나도 팬클럽의 한 사람으로 그 자리에 함께할 수 있었다. 그렇게 김영균 님과 첫인사를 나누었었다.

그리고 내가 <국화꽃향기>를 연극으로 만들며 첫 공연에 김영균 님을 초청했다. 연극이 끝난 후 배우들과의 만남을 위해 모시고 간 분장실에서 김영균 님은 이렇게 토로하셨다.

"왜 이렇게들 쉽게 사랑하는 여자를…. 아니 어떻게 그렇게 쉽게 포기할 수 있습니까. 내가 진영이 보낼 때 내 마음이…, 내 속이 어땠는지 아십니까. 좀 더 잡았어야지요. 좀 더 매달렸어야지요."

만약 지금이라면 책임자로서 위로의 말씀을 드리면서 원작의 상황도 설명하고, 각색 과정에서 극적인 효과로 인해 어쩔 수 없는 부분이 있었다고 설명했을 것이다. 그것이 그분에게 납득이 되든, 되지 않든 적막을 만들지는 않았으리라. 그리고 함께 있던 모두가 그분을 위로하고 안아 드리는 상황을 만들려고 애썼을 테지만 당시 어리고 철없던 나는 그런 상황의 대처에 무기력했고, 무능했다.

긴 적막을 깬 건 함께 모신 원작자 김하인 작가님이셨다.

"내 책도 그렇고 이 연극도 그렇고, 여자의 고민에 초점을 맞추다 보니 남자가 여자를 붙잡는 장면을 많이 다루지 못했었던 것 같은데, 배우들의 마음과 노력을 조금만 헤아려 주시는 게 어떠실지요."

작가님의 말씀은 정중하면서도 따뜻했다.

첫 공연을 마치면 두 달 가까운 연습 과정 간 있었던 고생을 서로 칭찬하고 다독이며 '시파티'라는 회식을 한다. 그 회식에 김하인 작가님과 김영균 님이 함께 오시길 바랐다. 김하인 작가님은 참석하시어 작품에 정말 도움이 될 만한 의미 있는 말씀을 많이 해 주셨다. 김영균 님께서는 개인 일정으로 참석이 어렵다 하셨으나 이유를 대략 짐작할 수 있었다. 그러시고는 어려도 한참 어린 내게 90도로 인사를 하시며 손에 흰 봉투 하나를 꼭 쥐어 주셨다. 그 봉투에는 이렇게 쓰여 있었다.

"진영이를 만나고 싶어 하는 사람들한테 공연을 보여 주세요. 그분들 티켓값입니다."

3장

난 무얼 할 수 있는가

뉴스 화면에 선명하게 보였다. '전원 구조.' 역시 살기 좋은 우리나라. 바다 한가운데에서 배가 뒤집혀도 사람들을 모조리 살리는구나. 대단하다 싶었다. 잠시 일을 보다가 사무실에서 10분 정도 거리의 단골 카페를 찾았다. 사람들이 한곳에 몰려 있었다. '오늘따라 대박일세. 저기 왜 저래?' 사람들 틈으로 TV 화면이 힐끗 보였다. 그야말로 심장이 쿵! 하고 내려앉았다. 내가 방금 전 본 자막과 완전히 다른 뉴스가 나오고 있었다.

'뭐지? 전원 구조했다며?'

언론은 어디에

안산, 그리고 단원고등학교. 나에게 안산은 친근한 곳이다. 아버지께서 일하시는 회사가 있는 지역이기도 했고 내가 좋아하는 여자 프로농구팀 신한은행 에스버드의 홈 경기장이 있던 곳이기도 했다. 충격적인 뉴스를 접한 후 나는 조카를 잃은 듯 2014년 4월 내내, 그리고 가정의 달이라 불리는 5월 내내 멍하니 살았다. 나뿐만 아니라 내 주변 모두가 그랬다. 그 누구도 남의 일에 왜 그리 괴로워하느냐고 묻지 않았다. 많은 사람이 그날을 잊지 않기 위해 20140416이 적힌 노란 팔찌를 손목에 차고 다녔다.

너무도 답답하고 괴로웠다. 뭐라도 하고 싶었다. SNS에 심경을 쓰는 정도로는 마음속 불편함이 가라앉지 않았다. 그야말로 국가적인 위기이고 사태였다. 과거부터 우리 언론은 IMF, 사스, 메르스 등으로 세상이 시끄러울 때마다 똑같은 얘기를 했다. 이런 국가적인 위기를 맞으면 우리는 모두 각자의 분야, 자신의 자리에서 해야 할 일을 성실히 열심히 하면 되는 거라고. 그래. 그래서 나는 묵묵히 내 일을 하려고, 순간 생각했다. '아, 난 공연 하나를 만들게 되겠구나….'

무조건 이런 현실을 마구 비판하는 연극이나 뮤지컬을 만들어야겠다는 생각은 없었다. 아무리 소재나 메시지를 결정할 수 있는 권리가 있다 해도 그것이 관객들에게 어떻게 받아들여질지에 대한 일차적인 고민과 검토 역시 공연기획자가 해야 할 몫이기 때문이었다.

세월호 사고에 대해 정치적으로 엇갈리는 해석과 정서를 보면서 어느 한쪽의 입장에서만 이야기를 다루었을 때 맞이하게 될 관객들의 반응이 예상되었다. 세월호를 직접적으로 다루는 공연을 기획, 제작했을 때 언론에서 우리 공연을 어떻게 볼지 걱정되기도 했다. 유가족분들의 마음에 대한 예측이나 취재 역시 엄두가 나지 않았다. 내 마음도 이리 고통스러운데….

이랬다면 어땠을까. 언론이 사실을 위주로 잘 보도해 주었더라면 어땠을까. 그래서 우리 사회가 추모의 시간을 가질 수 있는 사회적 분위기를 언론이 만들어 주었으면 어땠을까. 그래서 우리 국민들이 함께 슬퍼하고 유가족들을 위로하면서 이 사고를 잊지 말자고 서로를 다독였으면 어땠을까. 언론의 역할이 아쉬울 뿐 아니라 언론에 잘못이 있다는 생각마저 들었다. 우리 사회에서 언론의 역할은 뭘까.

우리나라에서 언론의 역할에 대해 연구하다 보면 결국 과거의 아픈 시절을 들춰야 한다. 바로 우리의 부끄러운 과거사 '보도지침 폭로 사건'이다. 어느 한편의 입장에서 작품을 만들면 안 된다는 내 생각은 이 역사적 사실을 공부하면서 사라졌다. '보도지침 폭로 사건을 기반으로 한 법정 드라마를 만들자.'

내가 해야 할 이야기

공연을 하며 기획서를 쓰는 게 내 기본 업무지만 이 공연의 기획서는 왠지 모르게 잘 써지지 않았다. 그럴싸하게 포장하려는 내 어휘나 글귀 선택이 싫었고, 시대를 정면으로 비판하지 못하고 피해 가려는 내 의도가 부끄러웠다. 무엇보다도 해당 사건 당시 폭로를 주도한 기자님께서 아직 생존해 계시기에 더 조심스러웠고, 그렇기에 내 입장이 명확해야 했다.

흥행에 필요한 필수 요소들을 요리조리 갖췄다는 걸 어필하는 형태의 기획서는 도저히 쓸 수 없었다. 단순 소개 자료 정도로 정리하자 하니, 보도지침 폭로 사건의 역사적 정의와 크게 다르지 않아서 싫었다. 실제 기자님을 만나 뵐 때 보여 드려야 할, 그러면서 함께할 배우와 스태프 들에게 하고픈 이야기를 전달할 기초 자료였기에 중요했고, 한번 노출되면 수정하거나 번복할 수 없기에 신중해야 했다.

결국 고민 끝에 이 공연의 기획서는 못 쓰겠다는 결론을 내렸다. 하지만 기획서 대신 대본을 몇 장 써 보기로 했다. 내가 만들고 싶은, 즉 있었으면 하는 캐릭터에 내가 하고 싶은 얘기들을 얹는 방식으로. 이렇게 생각하니 쓸 만했다. 그렇게 3개월 동안 몇 개의 캐릭터를 만들었고, 주요 대사가 생겼다. 이 주요 대사를 모아 절정 장면을 구성하고, 절정 장면 앞부분의 얘기들을 전개 부분에 배치해 50여 장의 대본 초고를 만들 수 있었다.

물론 완성도는 떨어졌다. 전문 작가가 아니기에 실제 작품에 쓰기에는 무리였지만 걱정할 필요는 없었다. 이 글을 잘 다듬어 공연이 가능하도록 각색해 줄 작가를 모셔 오면 될 일이었다. 기획자에게는 불가능한 것이 없어야 한다고 늘 생각했던 것처럼.

다만 그러기 전에 내 생각과 계획에 문제가 없는지 검토받을 필요가 있었다. 교수님? 업계 선후배? 아니다. 바로 내 주변에 있는 몇몇 사람들에게 검토를 받아야 했다. '영혼의 동반자'라고나 할까? 나뿐만 아니라 공연기획자들 주변에는 그런 사람들이 있다. 이런 비유가 적절할지는 모르겠지만 형사 주변의 정보원 같은 사람들이라고 할 수도 있을 것 같다. 언젠가 공연계 선배님들께 여쭤본 적이 있는데, 각자 주변에 두어 명씩 정보원들을 두고 계셔서 깜짝 놀랐다. "이 공연 어때? 되겠어? 괜찮겠어? 네가 관객이라면 어떨 것 같아?" 하면서 편히 묻고 답을 들

"이 공연 어때? 되겠어? 괜찮겠어?" 하면서
편히 묻고 답을 들을 수 있는 사람들.
그냥 절친이 아니라 마음속에서 여러
관문과 평가를 거쳐 선발된 나만의
특수요원들인 셈이다.

을 수 있는 사람들. 그냥 절친이 아니라 마음속에서 여러 관문과 평가를 거쳐 선발된 나만의 특수요원들인 셈이다. 이와 관련해 내가 예전에 해 둔 메모에는 특수요원 선발을 위해 다음과 같은 질문이 적혀 있다.

1. 나를 사랑하는 사람인가?
2. 내 글과 생각을 객관적으로 바라볼 수 있는 사람인가?
3. 지금 우리나라의 정치, 경제, 사회, 문화에 대해 잘 알고 있는 사람인가?
4. 자신의 생각을 효과적으로 잘 설명할 수 있는 사람인가?
5. 문학을 이해할 수 있는 사람인가?
6. 문화 예술 콘텐츠의 가치를 인정하는 사람인가?
7. 좋은 생각과 행동을 하는 사람인가?
8. (가장 중요) 마음이 따뜻한 사람인가?

감사하게도 내게는 이런 사람이 여럿 있었다. 그중 한 명인 친구 곽노희를 찾아갔다. 그는 내 주변에서 가장 문학적인 조언을 해 줄 수 있는 친구로, 당시 신림동에서 자취를 하고 있었다. 늦은 밤 그를 불러내 신림천을 걸으며 세상 얘기와 함께 작품

계획을 말했다. 그는 한 방에 컨펌을 해 주었다.

“정말 재밌고 가치 있는 이야기가 될 것 같아!”

노희를 만난 바로 다음 주에는 전상일 형님을 찾아갔다. 내 주변에서 우리 사회를 가장 냉철하게 꿰뚫어 보는 분이다. 형님이 야근 중이신 강남 사무실로 찾아갔었는데, 야근 중임에도 내 긴 글을 모두 읽고 나서 내게 물으셨다.

“이걸 진짜 만들 거야?”

“만들고 싶어서요…. 그래서 형님 의견 들어 보려고 온 거잖아요.”

“작품이 조금 정치적으로 흐를 것 같지 않니?”

“예, 관객 입장에서 그렇게 보일 것 같긴 한데, 전 그냥 치열한 법정 드라마 만든다는 생각으로 만들려고요.”

“역사적 사실대로 결론 나는 거지?”

“예. 그걸 바꾸진 못하죠. 팩트라.”

“그래. 응원한다, 성모야. 잘 만들어라. 그리고….”

“네?”

“앞으로 나한테 연락하지 말아라.”

마지막 말을 듣고 약 5초 동안의 아주 긴 정적이 흐른 후 그 큰 사무실이 쩌렁쩌렁 울리도록 같이 웃었다.

준비는 끝났다

내가 쓴 대본 초고에 대한 검증과 검토는 끝났다. 이제 이 대본을 공연으로 만들어 세상에 내어놓아야겠다는 결심을 하고 이곳저곳 찾아뵐 분들의 리스트를 만드는 등 구체적인 계획을 세웠다.

그때 쓴 대본은 추후 보도지침 폭로를 주도한 김주언 기자님과 해당 사건을 변호하신 한승헌 변호사님의 공연 허락을 받는 데 중요한 역할을 했다. 뿐만 아니라 각색을 해 주실 작가님과 연출가님을 비롯해 주요 스태프분들과 배우분들께 작품과 내 기획 의도를 설명할 때 큰 도움이 되었다.

기획자는 시와 때를 가리지 않고 필요한 사람들을 만나야 한다. 투자사이든, 예술가이든, 공무원이든, 마케팅 홍보 전문가이든 상대방의 상황과 서로의 이해관계에 맞추어 순발력 있게 태세를 전환하여 무언가를 설명하고 설득하고 가끔은 치열하게 논쟁도 해야 한다. 그렇기에 잊고 싶지 않은 것과 잃고 싶지 않은 것을 어딘가에 반드시 기록해 두기 마련이다. 그것이 기획자가 절대 놓고 싶지 않은 공연 속 메시지이다. 이 공연에서는 대본이 그러했다.

완성된 작품의 최종 책임은 오롯이 공연기획자에게 있기에

연극 <보도지침> 공연 장면

초연 이후 돈을 줄 테니 공연을 팔라는
제안을 받았다. 돈을 싫어하지 않지만 자식과
바꾸면서까지 돈을 얻고 싶지는 않았다.
내 자식 같았다. 무언가를 탄생시킨 사람은
부모의 마음이 되는 것 같다. 맹목적으로.

흥행의 측면에서든 작품성의 측면에서든 되도록 기획자가 모든 것을 다 인지하고 납득한 상태여야 행복하게 책임을 질 수 있다. 그렇기에 뜨겁게 기억에 남는다. 눈물과 안타까움과 말로 다할 수 없는 모든 내 감정, 메시지를 담고 싶었던 그 50여 장의 글. 내 양심과 진심들. 연극 〈보도지침〉은 나에게 그랬다.

대본은 어떻게 집필할까

대본은 누구든 쓸 수 있다. 단 그것을 잘 쓸 수 있는 이들이 바로 '작가'라는 예술가들이다. 전문 작가들은 무대를 상상하면서 한정된 세트에서 배우들이 어떻게 움직이고 어떤 대사를 하고 시선 처리를 어떻게 할지까지 세세하게 판단하며 대본을 쓴다.

전문 작가는 아니지만 나도 종종 대본을 쓴다. 사실 내가 쓰는 것은 대본이라기보다는 기획자로서 하고 싶은 이야기를 작가에게, 연출가에게, 배우들에게 효과적으로 전달하기 위한 자료의 성격이 강하다. 내가 생각한 것들을 작품에 참여하는 수십 분께 동일하게 전달하는 것이 어려워서 대본의 형식으로 정리하는 것이기도 하고, 예술가들로부터 더 많은 조언과 비판을 듣고 싶어서 대본을 쓰는 것이기도 하다.

작가들은 스스로 주제를 정해 대본을 쓰기도 하고, 기획자의 의뢰를 받아 대본을 쓰기도 한다. 하지만 스스로 쓴 글은 물론이고, 기획자의 의뢰를 받아 글을 썼더라도 저작권은 당연히 작가에게 있다. 다만 작가가 기획자를 비롯한 누군가에게 초고를 받아 수정하는 경우, 건네받은 초고가 한 작품으로 충분히 탄생할 만한 밀도와 분량의 글로 구성되어 있는 상태에서 삭제될 수 없는 주요 사건 또는 장면, 인물들이 만들어져 있는 상태라면 글의 완성도를 위해 참여한 작가의 역할은 극작이 아닌 각색으로 보아야 할 것이다. 그러나 극작과 각색은 엄밀하게 구분하기 어려운 경우가 많고, 상황에 따라 각색 작업의 범위가 넓다면 참여자들 간의 협의에 따라 '극작'으로 표기하기도 한다.

이렇게 만들어진 대본에 의해 작품의 제작이 시작되면 연출가 또는 배우들의 상황에 따라 대본이 일부 변경되기도 한다. 작가와 연출부, 배우들은 작가가 최초로 만들어 놓은 '대본'이라는 토대 안에서 각자의 예술성을 투여하고 피드백을 받으며 의견 개진과 협의, 수정과 확정의 사이클을 반복하며 나아간다. 물론 공연 과정에서 대본이 일부 수정되더라도 작가의 저작권에는 영향을 주지 않는다.

4장

그게 기획서인데요

보도지침 폭로 사건을 연극으로 만들려면 당시 폭로의 선봉에 섰던 김주언 기자님의 허락이 반드시 필요했다. 그리고 또 한 분, 김주언 기자님을 변호하셨던 변호사 한승헌 님의 허락도 필요했다. 이 두 분이 치열하게 고군분투하는 모습과 법정 다툼을 연극에 담아내고 싶었다. 하지만 두 분의 허락을 얻기에 앞서 일단 어떤 방법으로 연락을 드려야 할지 막막했다.

인터넷에 김주언 기자님을 검색하면 나란히 따라 나오는 인물이 있다. 현재 시사평론가로 활동중이신 김종배 선생님이다. 김종배 선생님을 통하면 김주언 기자님과 어떻게든 연락이 닿을 수 있겠다는 생각이 들었다.

기획서? 금방 쓰면 되지

허락을 받기 위한 작전은 이러했다. 일단 김종배 선생님을 어떻게든 만난다. 대외 활동이 활발한 분이기에 만나기 수월할 것 같았다. 김종배 선생님을 만나 연극의 취지를 말씀드리고 김주언 선생님을 설득할 수 있도록 도와주십사 부탁드린다. 그렇게 김주언 선생님을 만나 뵙고, 그리고 한승헌 변호사님께로….

감사하게도 계획은 거침없이 착착 맞아 들어갔다. 김종배 선생님은 당시 MBC 라디오 〈손석희의 시선집중〉에 출연 중이셨기에 MBC 라디오국에 전화를 했고, 몇 통의 시도 끝에 해당 프로그램의 담당자님과 통화를 할 수 있었다. 내 소개와 추진 중인 작품을 소상히 설명하고 정중히 김종배 선생님의 개인 연락처를 요청드렸다. 전화를 받으시는 분은 작가님 같았는데, 김종배 선생님께 문의를 드려 보고 승낙을 받으면 연락처를 알려주겠다고 하셨다. 이후 단 몇 시간 만에 김종배 선생님께 전화를 드려 뵙는 날짜와 장소를 확정했다. 통화를 나눈 시점이 월요일이었는데, 뵙기로 한 날은 바로 일주일 뒤 월요일이었다.

빈손으로 갈 수는 없었다. 뭐라도 들고 가야 했다. 과일이나 박카스 같은 뭐 그런 종류 말고, 그러니까 '이러이러한 취지로 연극을 만들고 싶은데 김주언 선생님을 설득할 수 있도록 도와주시길 부탁드린다.'는 내 마음을 받아들이시도록 하는 무기. 그 무기로 우선 그분의 마음을 반 정도는 움직일 수 있어야 수월하겠다는 생각이 들었다. 그저 달콤한 말이나 반짝이는 아이디어로 마음을 사려는 건 얼토당토않은 생각이었다. 무기 없이 말과 행동으로 처음 뵙는 분의 마음을 사로잡기란 불가능하다고 확신했다. 그분들에 비하면 난 정말 '마냥 귀여운 어린이'일 것이 분명하기 때문이었다.

그렇다. 내겐 기획서가 필요했다. 일주일. 시간은 충분했다. 대본 초고를 쓰기 전에는 막막했지만 이제는 대본도 써 놨고 내가 말하고픈 메시지도 어느 정도 정리가 되었으니 어렵지 않게 쓸 수 있으리라 생각했다. 책상에 앉아 기획서의 얼개를 짜고 내용을 준비하는데…. 점점 다가오는 월요일이 두려워질 정도로 기획서의 완성도는 높아지지 않았다. 내가 갈피를 잡지 못하니 팀원들도 덩달아 서류에 초능력을 담지 못했고, 뭔가 작품을 담아내지 못하는 것 같다거나 본질이 변질된 것 같다는 이야기도 나왔다. 우리 생각이 오롯이 담기지 않은 자료로 미팅을 하는 건 불가능하다며 미팅을 미루는 게 어떻겠냐는 의견도 있었다.

그렇다. 내겐 기획서가 필요했다. 시간은 충분했다. 그러나 점점 다가오는 월요일이 두려워질 정도로 기획서의 완성도는 높아지지 않았다. 점점 답답해졌다. 약속 날짜는 하루하루 다가오는데….

점점 답답해졌다. 약속 날짜는 하루하루 다가오는데….

어떻게 생각을 정리할까

난 2013년부터 대학에서 학생들을 만나 왔다. 내가 강의하는 과목은 '공연기획', '공연예술경영론', '콘텐츠기획세미나'처럼 공연에서의 기획에 관련된 과목이다. 학교마다, 학과마다 강의의 목적과 목표가 조금씩 상이하겠지만 공통적인 요소가 있다면 강의에서 기획서 작성법을 다루게 된다는 것이다.

사실 개인적으로는 기획서 작성법 하나만으로도 두 학기는 강의할 수 있다고, 그만큼의 시간이 필요하다고 생각한다. 기획서 작성법은 아주 중요하게 다뤄야 할 요소인데, 공연예술학과를 품고 있는 대학들의 특성상 실기와 작품 제작에 비중을 크게 가져가다 보니 그렇게 하지 못하는 현실이 늘 안타까웠다. 예술가에게도 기획적 사고는 반드시 필요하고, 이를 잘 알고 있으면 사회에 진출했을 때 언제든 도움이 될 영역이기 때문이다.

강의 시간에는 실제 공연에서 쓰였던 각종 기획서 여러 개를 화면에 띄워 보여 주곤 했다. 학생들에게 이렇게 해야 된다는 것을 전달하고픈 목적이 아니었다. 작품마다, 작품의 성향과 메시지마다 내용을 전개시키는 방식이나 논리, 순서가 모두 다

다르다는 것을 얘기하고 싶었다. 그러니까 안정되게 생각을 잘 정리하면 된다는 것을 가르쳐 주고 싶었다. 이렇게 기획서 작성을 가르치고 있는 내가 기획서를 못 써서 막막한 상황에 빠졌다니, 자괴감이 느껴졌다.

그러다 문득 이런 생각이 들었다. '내가 기획서를 쓰는 이유는 뭐지?' 기획서를 쓰는 건 첫 번째로 내 생각을 정리하기 위해서이며 두 번째로 남에게 내 생각을 정리해서 보여 주기 위해서이다. 그런데 무언가를 새로 꾸며 적으려 하다 보니 막막해진 것이었다. 내 생각이 오롯이 담긴 대본 초고가 있는데. 그래서 생각을 바꿨다. 내가 쓴 대본을 그냥 들고 가기로. 어쭙잖은 기획서를 드리는 건 의미가 없어 보였다. 아무리 기획서를 잘 써도 내가 쓴 대본만큼 마음과 진정성을 보여 드릴 수는 없다고 생각했다.

그렇게 마음을 먹고 김종배 선생님께 대본 파일을 보내 드렸다.

"아, 대본이 벌써 나왔어요?"

"아뇨, 그거 대본이 아니고 기획서입니다. 그대로 공연을 하지는 않을 거기 때문에 그걸 대본이라고 볼 수는 없을 것 같아요. 다만 제 생각을 담아 놓은 글의 형태가 대본과 유사할 뿐입니다."

월요일이 되어 김종배 선생님을 직접 만나 뵈었다. 선생님은 흔쾌히 도움을 약속해 주셨다. 그러고는 그 자리에서 바로 어딘가로 전화를 하셨다.

"선배, 잘 계셨어요? 여기 내 사무실에 공연기획자 한 분이 찾아오셨는데 선배님 연락처를 달라네. 전달해도 되죠? 아. 네 네. 보도지침 사건으로 공연을 만들고 싶대요. 예. 전달할게요."

바로 전화번호를 불러 주셨다. 김주언 선생님의 전화번호였다. 이후에도 김종배 선생님께서는 모 라디오 작가님께 우리 작품을 소개해 내가 직접 인터뷰를 할 수 있는 기회를 만들어 주시기도 했고, 유력 매체 기자님을 통해 작품이 홍보되는 데에 크게 도움을 주셨다. 이후 나는 동일한 방법으로, 동일한 진심과 간절함으로 김주언 선생님과 한승헌 변호사님을 뵙고 승낙을 받았다.

진심을 담아야 마음이 움직인다

세 분과 함께 모여 말씀을 나눌 기회가 있었다. 세 선생님께서 직접 우리가 연습하는 현장에 오시는 날이었다. 혜화역에서 선생님들을 뵙고 연습실로 모시고 가는 동안 세 분께 들은 이

세 분 선생님께서 연습실에 오셨던 날

우리는 이분들의 젊은 시절 희생과 헌신을
잊어서는 안 된다. 보도지침 사건은 이후
6·10 민주항쟁의 도화선이 되었기 때문이다.
이건 이분들의 삶을 공연으로 만들며 내가
관객분들께 전달하고픈 메시지이기도 했다.

야기가 기억에 남는다.

김주언 선배가 진짜 영웅이지.(김종배 선생님)
아냐, 아냐. 한승헌 변호사님을 좀 잘 어필해 줘요. 정말 고생을 엄청 하셨어.(김주언 선생님)
지금은 사실 김종배 님이 제일 영웅 아냐? 저렇게 달리고 있잖아.(한승헌 변호사님)

절로 고개를 숙일 수밖에 없는 이 선생님들의 삶과 생각에 그저 영광스러웠다. 그렇게 내 상상과 기획이 실현되었다. 너무도 행복했다.

무대를 만드는 사람들

무대디자이너

무대디자이너는 연극과 뮤지컬의 무대 위 환경을 설계, 구축하는 역할을 한다. 작품에 등장하는 다양한 공간적 배경을 효율적이고도 효과적으로 무대에 구현하는 것이 무대디자이너의 임무이다.

5장

이 얘기는 꼭 하고 싶어

공연기획자들은 어떤 영감을 받으면 상상 속에서 그 상황을 만들고 무대 위에 얹어 장면화한다. 물론 실제 공연에서 기획자의 상상이 그대로 표현되는 경우는 많지 않다. 전문 연출가와 스태프들 및 배우들의 예술이 더해져 더욱 멋지고 완벽한 모습으로 구현된다. 기획자가 연출가의 권한을 침해하여 자신의 머릿속 장면을 강요하는 경우가 있다는 이야기를 종종 듣는데, 그로 인해 좋은 결과가 있었다는 이야기는 19년 동안 이 일을 하며 단 한 번도 듣지 못했다. 그러니 기획자의 상상은 자신의 분야와 영역 안에서만 써야 한다. 기획서나 제안서를 쓸 때. 딱 거기까지만.

나도 크게 다르지 않은데, 정말 무엇을 보든 그렇다. TV를 볼 때도 그렇고, 지나가다가 길 위에서 다투고 있는 연인들을 보면서도, 책을 볼 때도, 부모님의 투닥투닥 대화를 볼 때도, 헬스장에서 운동을 할 때도 그렇다. 시야에 들어오는, 귓가에 들려오는 모든 것에 영향을 받고 그것들이 주는 신박하고 신선한 영감과 정서를 잊지 않으려고 노력하며 공연의 한 장면처럼 상상해 보곤 한다.

2021년의 어느 날도 그랬다. 멍하니 TV를 켜서 무슨 방송을 하는지 하나하나씩 돌려 보다가 의사들이 나오는 채널에서 멈췄다. 병원에서 긴박하게 의사들이 활약하는 장면을 담은 다큐멘터리였다. 환자를 살리기 위해 치열한 사투를 벌이는 의사들의 눈빛이 내 눈에 들어왔고, 그 장면은 머릿속에서 무대로 전환되었다. '무대에서 저런 장면이 펼쳐지면 관객들은 어떤 감명을 받게 될까?'

〈하얀 거탑〉과 〈골든아워〉

내 인생 최고의 드라마는 십수 년째 〈하얀 거탑〉이다. 병원 속 의사들과 환자들의 이야기, 그리고 의사들의 병원 내 정치 이야기를 주로 다룬 드라마. 20부작짜리 그 드라마를 한 서른 번 정도는 족히 본 것 같다. 각 장면마다 어떤 배우가 어떤 대사를 하는지 거의 다 외우는 수준이다.

얼마 전 안타깝게 세상을 떠난 이선균 님이 〈하얀 거탑〉에서 최도영이라는 캐릭터를 연기했다. 온전히 환자만 생각하는 진짜 의사. 물론 드라마와 현실은 다르기에 그런 의사는 결코 세상에 없을 거라고 생각했다. 최도영은 그저 드라마의 설정이 만들어 낸 비현실적인 인물, 우리 모두의 바람을 담은 인물이라고 생각했다.

그런데, 오! 그런 의사가 있었다. 적어도 그날 TV에는 '우리 앞에 온 환자들은 무조건 살린다!'는 일념으로 세상을 살아가는 의사들의 모습이 선명하게 보였다. 다큐멘터리 속 의사들은 불쌍할 정도로 피를 뒤집어쓰면서 심장을 조금이라도 더 뛰게 하려고 환자를 위해 몸을 던졌다. 그들의 노력은 처절함을 넘어 처참했다. "이걸 바꿔 달라고 언제부터 얘길 했는데!" 하며 고장이 난 무전기를 바닥에 팽개치는 감정적인 모습이 전혀 불편하지 않았다. 화가 난 이유가 더 멋진 무전기를 쓰고 싶어서가 아니란 게 너무도 당연했기에. 절박하게 지원의 필요성을 토로하는 그의 눈빛과 표정이 그의 말보다 더 절실했다. '아니 어떻게

저럴 수 있지? 사람 살리겠다는데….'

당시 서점에는 아주대병원 외상외과의 이국종 선생님께서 집필하신 〈골든아워〉라는 책이 출간되어 있었다. 골든아워(golden hour)는 사활을 건 1시간이라는 뜻으로, 외상 환자를 1시간 내에 응급으로 치료하면 살 수 있는 확률이 높다는 의미라고 했다. 우연히 접한 다큐멘터리에 이어 그 책을 읽으면서 차곡차곡 감정이 격해졌다. 참 신기한 게, 읽다 보면 화가 났다가 답답했다가 안타깝다가 또다시 화가 났다가 답답했다가 안타깝다가 했다. 저자의 의도가 분명했다. 감동하려고 본 건 아니었지만 책을 읽을수록 저자의 마음속을 들여다보는 것 같았다. '답답하시죠? 저도 답답합니다. 관심 좀 가져 주세요.'

정신이 멍해졌다. 책에는 속된 말로 '미쳐 돌아 버릴 것 같은' 상황에 놓인 저자의 감정이 그대로 드러나 있었다. 내가 느낀 저자의 생각은 '환자를 살리자니 내 팀원이 죽고, 내 팀원을 지키자니 환자가 죽게 되는…. 미쳐 돌아 버리겠다.'였다. 그리고 일견 나랑 비슷한 면도 있다는 생각이 들었다.

우리 팀원들은 다들 연극과 뮤지컬이 좋아 나와 같이 일한다. 그런데 현실적으로 공연만 하고 살 수는 없다. 그렇기에 정부 기관이나 단체의 행사 입찰에 참여하기도 하고 기업의 각종 행사, 이를테면 공장 기공식 같은 행사의 연출과 진행을 하게 되는 경우가 다소, 아니 다수 있다. 그래서 나도 비슷한 생각을 한 적이 있다. '나도 공연이 좋아서 이 일을 하지. 근데 공연만 하자니 내가 죽겠고, 회사 유지를 위해 다른 일을 하자니 팀원들에게 미안한….'

사회적 필요 측면에서 이국종 선생님의 고민과 내 고민은 도무지 비교할 수준이 아니지만 나도 그분만큼이나 답답하고, 그분만큼이나 팀원들을 아끼고 사랑하기에 감히 이렇게 마음을 먹었다. '저들의 이야기를 하자. 그리고 이건 저들뿐만이 아니라, 힘들게 연극과 뮤지컬을 하고 있는 우리들의 이야기이기도 해. 다 같이 살고 싶다는 절실한 관심의 요청이잖아. 그러니까 저들의 이야기에 우리 이야기를 섞자.'

출판사에 전화를 해서 담당자를 만나 기획안을 건네고 미팅을 나누었다. 내 생각을 조심스럽게 언급하고 원작 사용 허락을 요청했다. 그리고 원작의 각색 방향도 제시했다.

결론부터 이야기하면 〈골든아워〉를 출간한 출판사로부터 사용 허락을 받지 못했다. 최종적으로 거절 의사를 통보받은 날, 출판사 측에 어떤 부분이 마음에 들지 않았던 것인지 구체적으로 묻지는 않았다. 사실 확인하고 싶지 않았다. 출판사에게는 당연히 거절할 권리가 있으니 최선을 다해 설득해도 안 된 건 출판사 나름의 이유가 있어서였겠다고 마음먹는 게 편했다. 그리고 털었다. 이 공연을 할 마음을 털어 낸 것이 아니라 원작을 공연화할 마음을 털어 냈다.

안 되면 내가 한다

'그럼 내가 쓰면 되지 뭐.' 2016년 연극 〈보도지침〉 때도 그랬다. 여건이 어렵다고 시작하지 않으면 프로젝트를 영영 시작하지 못한다. 몇 개월 동안 이 프로젝트 생각만 했는데. 실력 있는 수십 명의 작가님들을 만나 일정과 상황을 여쭙고, 그중에 궁합이 잘 맞는, 즉 나와 생각이 일치하는 작가님을 섭외해 그간의 생각과 의도를 설명하고, 또 대본이 나올 몇 개월을 기다렸다가…. 이런 생각을 하니 내 마음이 마치 이국종 선생님의 마음 같기도 했다.

그래서 직접 대본을 써 내려갔다. 제목으로는 이국종 선생님이 책에서 내내 강조했던 단어, '인계점'을 선택했다. 내가 대본을 쓰던 시기에 '인계점'을 검색하면 '○○ 찜닭 인계점', '◇◇ 왕갈비 통닭 인계점' 같은 결과만 나왔지만 응급 환자를 위한 헬기 이착륙 지점을 뜻하는 말이라고 책에 강조되어 있기에 기억에 많이 남았다. 해당 응급 환자의 입장에서는 삶과 죽음이 결정되는 지점이라는 의미도 담겨 있어서 공연의 메시지를 상징하고 추상화하기에 적합하겠다는 생각도 들었다.

머릿속에 생각이 많으니 글을 채워 나가는 게 어렵지는 않았다. 늘 그랬듯이 절정 부분의 주요 장면을 먼저 쓰고 전반부와 중반부를 창작해 나갔다. 이국종 선생님이 직접 쓰신 책의 내용이 들어가면 안 된다는 생각에 내가 쓰는 글에서는 모든 사건과 인물을 가공했고, 병원 이름과 각종 기관의 이름도 모두 창작했다. 그렇게 집필을 시작한 지 보름 정도 만에 초고를 완성했다. 물론 군데군데 엉성하기도 하고 수정할 부분도 많았지만 내 의도는 다 반영되었다는 생각이 들었다. 대본의 완성도를 높이는 일은 각색 작가님을 섭외해서 진행하면 될 것 같았다.

그런데 당시 우리 팀원 한 분이 계속 경고 사인을 주었다.

"진짜 허락 안 받으실 거예요?"

"누구한테 무슨 허락을 받아?"

"이국종 선생님한테요."

"그분 얘기가 아닌데 왜 그분께 허락을 받아?"

"아니긴 뭐가 아니에요. 딱 보면 이국종인 줄 다 알 텐데."

"야, 그러면 장군이면 다 이순신이고, 맥아더야? 그냥 밀고 가도 돼. 이건 이국종 선생님 이야기가 아니라, 외상외과 김규석의 이야기야."

한편으로는 마음이 쓰이긴 했으나 내가 쓴 대본에 나오는 건 〈골든아워〉에 등장하는 사건과 인물이 아니었다. 다 새롭게 창작했다. 벌어지는 일이나 인물의 감정도 모두 새로 썼다. 책을 읽고 나서 주의를 기울여 썼기에 겹치지 않게 잘 피해 나갈 수 있었다. 몇 번을 살펴도 저작권 문제로 공연이 중단될 만한 요소는 찾아볼 수 없었다. 물론 관객분들 입장에서, '이거 이국종 의사 이야기구나.' 하고 생각할 수는 있다. 그러나 그건 관객분들의 감정이다. 기획자의 의도는 그렇지 않으니 문제가 될 일이 아니라고, 어느 외상외과에서든 일어날 수 있는 일이며 이국종 의사의 팀에서만 일어나는 독특한 일이 아니라고, 나는 전혀 다른 이야기를 만들고 있다고, 이국종 의사의 이야기를 만들고 싶은 마음은 전혀 없다고 나는 나에게 계속 거짓말을 했다. 그래, 맞다. 거짓말이다.

나는 진정 이국종 선생님의 이야기를 다루고 싶었다. 너무나 다루고 싶었기에 다르게 쓸 수밖에 없었다. 주인공 이름을 '규석'이라 지은 것도 그 때문이다. 규(珪)는 모 또는 귀퉁이를 뜻하는 말이고, 석(石)은 돌을 의미한다. 즉 '모난 돌'이라는 의미를 담은 이름이다. 이 주인공 이름은 결국 본공연까지 바뀌지 않고 그대로 이어졌다. 커다란 서울의 대형 병원이 아닌, 경기도 남부 수원의 한 대학 병원에서 소리 없이 강하게 버티며 병원장이나 병원 내 다른 부서와 수많은 갈등도 하는 사람. 주변 주민들에게 헬기 소리가 시끄럽다는 민원을 받으면서도 묵묵히 닥터헬기를 띄워 사람을 살리는 일에 집중하는 의사. 모난 구석이 있지만 돌처럼 단단한 주관으로 험한 환경을 버텨 낸다는 의미를 이름으로 나타내고 싶었고, 관객분들이 알아주기를 바랐다. 그래서 세상에 저런 의사가 있으니 많은 관심과 응원을 부탁드린다는 내용을 작품에 담고자 했다.

세상을 바꾸는 모난 돌

공연을 준비하며 연출가님을 비롯해 스태프분들과 배우분들이 모두 한자리에 모였다. 일반적인 절차라면 각자 자기소개를 하고 대본을 리딩하는 자리이다. 하지만 우리는 첫날 대본 리딩을 하지 않았다. 대신 외상외과를 다룬 다큐멘터리와 다양한 닥터헬기 출동 사례 영상, 이국종 선생님의 강연 영상 등을 보면서 함께 토론했다. 그리고 내가 〈골든아워〉 책의 내용과 단어의 의미를 설명하며 함께 모인 사람 모두를 점차 분노와 답답

서울 공연의 드레스 리허설 때 정휘경 무대감독님께서 직접 촬영하신 사진. 훗날 공연의 포스터로 쓰였다.

연극 〈인계점〉 공연 장면

함, 안타까움의 세계로 안내했다.

우리 팀은 이 공연을 국가가, 우리 사회가 만들어 주기를 바랐다. 그래서 각종 지역 문화재단의 예술 지원 사업을 샅샅이 뒤졌다. 감사하게도 고양문화재단에서 2020년 지역 예술가 지원작으로 내가 쓴 대본 초고를 선정해 주셨고, 900만 원을 지원받았다. 이 900만 원으로 공연 준비를 시작할 수 있었다. 작은 극장을 하루 대관하여 관객분들을 모셔 낭독극을 진행했고, 연출가님을 비롯한 스태프분들의 사례비와 연습실 대관료 등으로 알차게 사용했다.

낭독극을 마친 뒤 정식 공연을 앞두고는 인천문화재단의 지원을 받았다. 2021년 인천문화재단 예술 표현 지원 사업에 선정되어 지원받은 2,000만 원으로 세트와 의상 등을 보강하고 음향과 조명 장비를 대여할 수 있었다. 인천 남동문화예술회관에서 첫 정식 공연을 열어 관객분들을 만났고, 공연에 대한 확신을 갖게 되었다. 이후에도 경기문화재단, 거창문화재단 등의 지원을 받아 공연을 계속 이어 갔고, 2022년에는 거창국제연극제에서 우수상과 여우주연상을 수상하기도 했다.

2020년 부족한 한 공연기획자의 미천한 대본으로부터 시작하여 2021년과 2022년 코로나19 시기를 거치는 동안에도 사그라들지 않고 잘 버텨 온 이유는 오랜 시간 이 공연에 함께하면서 탄탄하게 작품을 키워 온 연출부와 배우분들, 스태프분들과의 합심의 결과가 아닌가 생각한다. 아울러 작품의 가능성과 메시지를 인정해 주시고 물심양면 지원해 주신 지역 문화재단의 모든 분께 깊은 감사의 말씀을 드리며 이 공연의 시작에 힘을 실어 주시고 변함없는 믿음을 주신 배우 장덕수 님께 깊은 감사의 말씀을 전한다.

무대를 만드는 사람들

음향디자이너와 현장음향감독

음향디자이너는 공연의 음향 요소를 설계한다. 배우들의 대사와 음악이 명확하게 들리도록 마이크와 스피커 배치를 계획하며, 음악과 효과음을 준비해 작품에 적용하는 등 관객에게 전달되는 모든 소리를 준비한다.
이렇게 준비된 음향은 실제 공연에서 현장음향감독의 제어에 따라 관객들에게 송출된다. 현장음향감독은 마이크와 스피커, 음원 등의 장비를 실시간으로 조작하여 배우들의 목소리와 음악이 최적화된 상태로 전달될 수 있도록 책임진다.

6장

서로를 위로하는 무대

2016년 모 연극 이후 나와 우리 팀은 멈췄다. 우리 프로덕션 창립 멤버이며 내가 특별히 아끼던, 그래서 오래도록 함께하길 바랐던 한 팀원은 사활을 걸었던 프로젝트가 실패하며 일을 그만두었다.

우리는 당분간 신규 공연 창작을 멈추기로 했다. 2010년 5월 이후 쉼 없이 달려온 우리에게 주어진 자의 반 타의 반의 휴식과도 같았다. 물론 모든 일을 중단한 건 아니었다. 초연부터 3연까지 내달렸던 뮤지컬 〈국화꽃향기〉의 지방 공연이 계획되어 있었고, 우리 팀에 행사 연출을 맡겨 주시는 기업과 군부대 덕에

바깥공기를 쐴 기회도 더러 있었다. 당분간은 버틸 만큼 먹고살 게 있으니 걱정이 없겠지 싶었다. 그렇게 공연제작사가 추가적인 제작과 함께 도전적인 시도와 개발을 멈췄다.

우리는 갈 길을 잃었다. 언제 다시 시작할지 모르는 이 형국이 불안했지만 새 작품에 몰입할 체력과 정신력이 없었다. 함께 일을 해 오던 스태프와 배우 들과의 관계가 멀어질 것도 두려웠다. "그 회사 망했다며?" "대표가 도망갔대." 하는 주변의 소문들이 지인들을 타고 내게 들려올 때면 그렇게 자존심이 상할 수가 없었다. 휴식을 위해 강원도에 잠시 다녀온 적이 있지만 도망갈 이유까지는 없었다. 괴로웠다. 지금으로부터 9년 전, 내가 서른여섯 살 때였다.

젊은 공연 창작 집단인 우리는 연극과 뮤지컬로 반짝반짝하게 빛나고 싶었다. 부족한 경험과 실력으로 한 땀 한 땀 나아가며 다양한 어려움을 딛고 잘 버텨 왔지만 한 번 나자빠지니 주변에서는 다시 일어나기 힘들다고 생각했던 것 같다. 한 6개월 정도 못 일어나긴 했다. 죽어지냈다는 표현이 적합할 만큼 조용히 살았다.

우리 시대 청년들을 위해

그러던 어느 날, TV에서 〈어쩌다 어른〉이라는 강연 콘서트 프로그램을 보게 되었다. '그런데 말입니다.' 하면 떠오르는 김상중 님이 MC를 보는 프로그램으로, 강연자분들이 알찬 내용을 지루하지 않고 어렵지 않게 잘 설명해 준다. 그 프로그램의 PD는 대체 어디서 어떻게 강연자들을 모셔 오는지 궁금할 정도였다. 그 방송을 볼 때마다 내가 만드는 공연도 이랬으면 좋겠다고 생각한 적이 많았다.

그날도 참 재미있게 강연을 봤다. 강연자는 고려대학교 심리학부의 허태균 교수님이었는데, 강연을 정말 잘하셨다. 지금 우리 사회가 많이 아프다는 이야기를 전개하며 역사적 흐름으로 인해 변화한 우리의 사회상과 사회 구성원들의 삶에 비추어 공감을 이끌어 냈다. 3부작으로 편성된 허태균 교수님의 강연을 다 보고 나니 마음이 움직였다. 사실 요동쳤다고 해야 맞을 것이다. 그분의 말씀을 들으며 다음 공연으로 무슨 이야기를 할지가 정해졌다. 심장이 두근거렸다.

1950년대 6·25 전쟁 이후에 태어난 지금의 60~70대는 급격한 경제 성장의 혜택을 받은 황금세대이다. 끼니 해결이 최우선이었던 그들의 부모님들에게 온갖 사랑을 받으며 자라 성인이 되면 일자리가 보장되었고, 대학만 나오면 대기업에 갔다. 사회에서 빠르게 자리 잡은 그분들이 자녀를 낳았던 시기가 1970년대 정도다. 1970년대 즈음에 태어난 사람들은 부모님에게 '공부만 잘하면 좋은 대학에 가서 좋은 일자리를 구할 수 있다.'는 이야기를 듣고 자랐다.

그러나 이런 확신은 1990년대 말에 IMF사태를 거치며 처절하게 무너졌다. 게다가 사회 구조적인 문제는 어느덧 개인의 책임인 것처럼 둔갑했다. 이 과정에서 60~70대 어른들은 자녀들이 자신보다 경험과 식견이 부족하다고 생각하시는 경우가 많다. 대표적인 인물이 바로 우리 아버지다. 그리고 우리 아버지뿐만이 아니라 내 친구들의 아버지가 대부분 그렇다.

이런 사회에서 가장 외롭고 힘든 이들은 지금의 40~50대와 그들의 자녀인 10~20대일 것이다. 역사적 소용돌이 속에서 가장 힘든 형국에 낀 세대와 그들의 자녀. 우린 '청년들의 삶'에 집중한 공연을 만들기로 했다. 청년들과 그들의 부모님이 함께 볼 수 있는 공연을 만들고 싶었다. 홍보가 잘되어 부모님들이 자녀와 함께 공연장을 찾을 수 있게 되기를 희망했다.

사실 그전에 우리나라 언론사의 문제를 다루었던 터라 다음 작품으로는 군 의문사 문제 또는 의료 사고 문제를 다뤄 볼까 하는 생각이 있었다. 사회 고발성 작품에만 집중하겠다는 생각은 아니었다. 그저 우리 프로덕션의 작품 철학에 맞춰 피해자들의 삶과 고민을 다루며 관객들의 공감을 일으키고 싶었다. 그런데 TV 강연 프로그램을 보며 이 생각이 바뀌었으니 정말 방송이 재미있었던 것 같다.

팀원들과 함께 공부를 시작했다. 청년 문제를 다룬 이야기들을 열심히 찾아 나섰고 트렌드를 알기 위해 관련된 드라마나 영화도 많이 찾아보았다. 그런 소설이나 에세이가 있다면 닥치는 대로 섭렵하면서 극적인 이야기를 찾고자 했다. 다만 청년과 학생의 문제를 다루더라도 어른의 시각으로 표현된 콘텐츠는 가급적 배제했다.

대학에서 강의를 할 때 만났던 강원대학교 학생들에게 조언을 구하기도 했다. 대본 창작은 작가가 하겠지만 가고자 하는 방향과 목표, 어떤 이야기를 할지에 대해서는 제작사가 정해 놓은 후 작가를 만나야 했다. 그렇게 잘 연구해 보자고 얘기하던 때가 2017년 여름이었는데, 그 열정이 잠시 멈췄던 우리 회사를 다시 타오르게 해 주길 바랐다.

우선 잠정적으로 공연 시기를 2019년으로 정했다. 그리고 2018년까지 대본 하나만 완성하자는 목표를 정했다. 그런데 한

해가 다 가도록 연구 결과와 각종 취재 활동의 결과가 나오지 않았다. 어떤 얘기를 어떻게 해야 좋을지 갈피가 잡히지 않았다. 차라리 〈어쩌다 어른〉에 출연하신 허태균 교수님을 찾아가 볼까 하는 생각까지 하고 있었는데, 어느 날 기가 막힌 콘텐츠가 팀 회의에 올라왔다.

팀원이 공유해 준 URL을 보니 네이버 웹툰 사이트였다. 〈찬란하지 않아도 괜찮아〉라는 제목이었다. 1화를 클릭했다가 2화를 보고, 다시 3화를 보고…. 15화 정도까지 쉼 없이 읽은 후 결정했다. 바로 이거다 싶었다. 우리 시대 청년들의 삶과 생각을 다루고 있었는데, 이건 누가 봐도 청년이 직접 쓴 작품이라 확신했다. 대사 한 줄 한 줄이 너무도 와닿았다.

거기 네이버죠?

난 단순하고 무식하다. 그래서 용감하다. 네이버 웹툰을 검색해 대표 번호로 전화를 걸었다. 담당 부서를 물었더니 국내 최고의 IT 기업답게 너무도 친절히 담당자의 직통 번호를 안내해 주었다. 웹툰 담당자는 전화 통화 중임에도 무척이나 바쁘다는 것이 느껴졌다. 간단히 내 소개를 한 뒤, 메일 주소를 알려 달라고 요청했다. 통화로 말씀드리기엔 긴 내용이라 상세히 메

지금 우리사회의 대다수 젊은이들, 청춘들의 머릿속은 온통 이런 생각들뿐이라고 합니다.

제대로 살고 있나
행복하게 살고 있나.
난 지금행복한가.
나는 '나'를 알고 살아가고 있나.
행복하게 사는 것이 무엇일까.
난 그걸 언제 즈음 알게 될까.
알게 될 때가 오긴 할까.
그것을 알았을 때 내 심정은 어떨까.
내가 하고싶은 것을 시도하면, '일탈 ' 인가.
난 일탈해도 될까.
일탈이 그렇게 큰 잘못인가?
근데, 대체 일탈이란 무엇인가?

관객들은 이 영화를 이래서 좋다고 했습니다.

- 크게 심각하지 않은 스토리
- 상대적으로 강렬하지 않은 사건과 인물
- 집중해서 작품에 몰입하지않아도 될 만큼의 서사

그럼에도 이 작품은 아름다웠고, 충분히 괜찮았습니다.

무엇보다도
지금 현재 가장 힘든 세대로 평가받는 – '오늘날을 살아가고 있는 청춘들', 이들이 이 영화를 가장 좋아했다고 합니다.

그들은 이 말을 무척이나 듣고 싶어했던 것 같습니다.
우리는, 우리 세상은
이 말을 청춘들에게 해주어야 합니다.
"괜찮아!"

당시 네이버 웹툰 측에 보냈던 공연 기획안의 일부

우리는 늘 기획서를 편지로 생각하자고 얘기하곤 했다. 진심을 담아 또박또박 써 내려간 그냥 편지. 기획서가 예쁘지 않다고 까인다면 그런 클라이언트와는 함께 일할 필요가 없다고 생각했다.

일을 드린다고 말하긴 했지만 사실 그 메일은 한마디로, '일단 한번 뵙게 해 주세요.' 하는 내용이었다.

메일로, 통화로 전달할 이야기가 아니라고 생각했다. 일단 네이버 웹툰의 담당자를 설득해서 원작자를 만나고, 원작자에게 작품의 공연화에 대한 동의를 구하자는 것이 우리의 전략이었다. 절차는 그래야 했다. 네이버 웹툰을 넘어서지 못하면 원작자도 만날 수 없다. 이 절차에 얼마큼의 시간이 걸릴지 모르지만 해야 했다. 하고 싶은 이야기가 정해졌으니까.

그날의 첫 이메일을 시작으로 수십 통의 메일을 주고받은 후 네이버 웹툰 담당자와의 미팅이 성사되었다. 그 과정에는 철저하게 진심을 담은 우리 기획서도 한몫을 했다. 추후에 네이버 웹툰 담당자님께서 하신 말씀이 기억에 남는다.

"그런 기획서는 처음 봤어요. 뭔가 독특했어요. 호기심이 생겼어요. 만나 봐야겠다는."

기획안을 디자인적으로 예쁘게 잘 만들 줄 모르는 우리 팀은 늘 기획서를 편지로 생각하자고 얘기하곤 했다. 진심을 담아 또박또박 써 내려간 그냥 편지. 기획서가 예쁘지 않다고 까인다면 그런 클라이언트와는 함께 일할 필요가 없다고 생각했다. 마음을 담은 그 편지로 우린 네이버 웹툰과 원작자 까마중 님을

연극 <찬란하지 않아도 괜찮아> 공연 장면

괜찮다고 말하고 싶었다. 지친 청춘들이
많아 보였다. 차분하게 청춘들의 현실을
그리는 동시에 지금의 세상과 사회,
청춘들의 고민과 아픔을 담담하게 담아 보고
싶었다.

설득하여 원작 활용 동의를 받은 후 2020년 정식 공연을 올릴 수 있었다.

2016년 연극 공연 후 4년 만에 올리게 된 이 공연을 통해 나는 공연을 만드는 이 작업이 그저 행복하고 즐겁다는 것을 다시 느낄 수 있었다. 연극과 뮤지컬로 반짝반짝 빛나고 싶었던 젊은 창작 집단인 우리 팀은 이 작품 제목을 다시 되뇌며 그렇게 생각했다. 찬란하지 않아도 괜찮아.

스태프나 배우가 못 온다면

"대표님, 큰일 났어요. 음향감독이 연락이 되지 않아요."

현장 제작감독에게 다급한 전화가 걸려 왔다. 공연 시작까지 남은 시간은 한 시간 반. 이미 공연 취소를 공지하고 환불을 하기엔 늦었다. 어떻게든 상황을 수습해야 했다.

"일단 공연장으로 갈게!"

공연은 그 특성상 미리 정해진 스케줄에 따라 진행된다. 하지만 사람의 일인지라 예기치 못한 상황 때문에 스태프나 배우 등이 급하게 자리를 비우는 일이 발생하곤 한다. 보통은 미리 대체 인력을 정해 공연이 문제 없이 진행되도록 준비하는데, 아주 가끔은 돌발 상황이 발생하기도 한다.

사무실에서 공연장까지는 차로 30분 거리였다. 딱 30분 동안 생각하고 결론을 내서 공연장에 들어가야 했다. 일단 음향감독님이 걱정되었다. 무슨 사고를 당한 건 아닌지, 어디를 다쳤거나 아파서 혼자 끙끙 앓고 있는 건 아닌지 모르는 상황이었다. 그리고 배우들에게 미안했다. 그들이 불안해하고 있을 걸 생각하니 답이 없었다. 그저 용서를 구해야 했다. 그리고 관객분들께는 어떤 조치를 취해 드려야 하나 막막했다. 무릎을 꿇을까, 그리고 관객분 모두를 모시고 치맥을 먹으러 가자고 할까….

생각보다 빨리 공연장에 도착했다. 공연장 문을 박차고 들어갔는데 예상과는 너무나도 다르게 뭔가 착착 돌아가고 있었다.

일단 음향감독이 사용하는 큐랩 프로그램을 당시 현장 조명감독인 박미소 감독이 써 본 적 있다고 했다. (박미소 조명감독 음향감독 자리로 포지션 체인지) 그럼 조명은 누가? 조명 타이밍을 모두 알고 있는 사람은 무대감독뿐인데, 이미 무대감독은 현장 조명감독 자리에 앉아 버튼을 하나씩 눌러 가며 조명 효과를 확인하고 있었다. (김도희 무대감독 조명감독 자리로 포지션 체인지) 그럼 무대감독은 누가? 무대감독이 해야 하는 여러 가지 대소도구 준비와 소품 투입을 배우들이 나누어서 준비하고 있었다.

"형, 이건 제가 들고 있다가 퀵 체인지 때 드릴게요."

"○○야, 문 혼자 열면서 들어갈 수 있겠어? 한번 해 봐!"

"네! 이거 제 쪽에서도 열리네요. 제가 열고 들어갈게요!"

"다행이다!"

"오빠 혹시 이거 스툴, 암전 때 오빠가 들고 나가실 수 있어요? 누구 손 남는 사람?"

"제가 가능할 것 같아요. 그럼 제가 전 장면에 하수(객석 기준 무대 좌측) 쪽으로 나갈게요! 누나가 상수(객석 기준 무대 우측)로 가세요! 괜찮으시죠?"

"응. 괜찮아!"

제작감독은 이 상황에 맞게 분장 시간을 좀 늦추고 관객 입장 시간을 공연 시작 30분 전에서 20분 전으로 전환했다. 제작 PD는 이 내용을 티켓팀에 전달하여 관객들에게 내용이 공지되도록 했다. 내가 중간에 괜히 개입하면 오히려 방해가 될 것 같았다.

뒤늦게 나를 발견한 제작감독이 공연에 문제 없도록 정

리되고 있다고 나를 안심시켰다. 내가 할 건 없었다.

공연 시작 25분 전, 하우스 오픈(관객이 입장할 수 있도록 공연장 입장문을 개방하는 것) 직전에 배우와 스태프 들이 한데 모였다. 모두가 우리 모두에게 서로 말했다.

"우리 음향감독님 탓하지 말아요."

"공연 잘할 테니 제발 아무 일도 없어라."

"제발 그냥 늦잠이어라."

공연은 문제없이 진행되었다. 그리고 우리의 기도와 바람은 이루어졌다. 토요일이었던 그날, 낮 공연 종료 30분 전즈음 로비에 나타난 음향감독님은 내 얼굴을 제대로 보지 못했다. 나타났으니 됐다. 아무 일 없어서 그저 다행이었다.

"우리 팀원이 모두 몇 명이죠?"

"공연장 상주 인원 열한 명 정도 되지요. 왜요?"

"아메리카노 쏠려고요."

"그걸로 안 되는데?"

음향감독님은 그제야 약간 부은 얼굴과 눈을 보여 주며

웃었다. 푹 잔 것 같았다.

낮 공연 종료 후 다 같이 음향감독님이 사 준 아메리카노를 들고는 이걸로 안 된다며 무대 가운데로 몰아 일명 '인디언 밥'을 하고 나서야 음향감독님을 놔주었다. 그렇게 위기를 넘기면서 우린 다 같이 작은 추억을 마음속에 남겼다. 배우님 중 한 분이 말씀하신 게 기억에 남는다.

"우와, 나 진짜 우리 스태프 하나하나가 이렇게 소중하다는 거, 진짜 오랜만에 깨닫네…"

7장

나를 울린 그 음악

나는 눈물이 좀 많다. 과거 영국 프리미어리그에서 박지성 선수와 이영표 선수의 '몰래 하이파이브' 장면을 보면서 눈물을 흘린 적이 있다. 뿐만 아니라 밴쿠버 올림픽에서 김연아 선수가 금메달을 목에 거는 장면을 보면서도, 축구감독이자 선수인 유상철 님이 떠난 날의 뉴스를 보면서도, 여자 프로농구 경기 중에 김단비 선수가 상대 선수와 부딪혀 코피를 철철 흘리는 장면을 보면서도…. 나는 남자이고 나발이고 흐르는 눈물을 딱히 숨기거나 멈추려 하지 않는다. 기뻐 흐르는 눈물도, 슬퍼 흐르는 눈물도 모두 다 내 감정의 표현이기에, 충분히 내 시간을 갖고 다른 사람 모르게(창피해서가 아니라 그들이 불편할까 봐) 혼자서 충분히 눈물을 흘리면서 내 기쁨과 슬픔을 기억에 진하게 남기려고 한다.

카페에서 눈물을 흘렸던 그날은 대본을 검토하던 날이었다. 정가람 작가님께서 쓰신 〈국화꽃향기〉의 대본 수정안을 읽으면서 커피를 마시고 있었다. 대본 속 여자 주인공이 아이를 낳은 후 떠나기 전 남편에게 마지막 편지를 남기는 장면이었는데, 마침 카페에서 흐르던 음악이 우연히 대본의 내용과 겹치면서 감정이 격앙되고 갑자기 눈물이 왈칵 맺혔다.

잠시 마음을 추스르고 나니 어떤 음악인지 궁금해졌다. 나에겐 이 음악이 필요했다. 지금이야 스마트폰에 음악을 들려주면 그 음악이 무엇인지 가르쳐 주지만 당시에는 그런 게 없었다. (있었는지도 모르겠지만 있었더라도 난 쓸 줄 몰랐다.)

흐르던 음악은 피아노곡이었는데 유키 구라모토의 음악과 비슷하다는 느낌이 들었다. 만약 유키 구라모토의 곡이 맞다면 어떻게 해야 하나 고민도 되었다. 사용료가 만만치 않을 것이기 때문이었다. 하지만 설사 그렇더라도 이 음악을 놓치고 싶지 않았다. '제발 국내 무명 피아니스트의 곡이었으면….'

종종걸음으로 카운터로 가 점원분께 좀 전에 나왔던 음악이 무슨 음악인지를 물어보았다. 점원분께서는 잘 모른다고 말씀하셨다. 그래서 여기 음악을 어떤 방식으로 트는지 물었더니 CD를 튼다고 하셨다. 혹시 음악을 잠시 멈추고 그 CD를 보여주실 수 있는지 간곡히 부탁했다. 점원분께서 감사하게도 부탁을 들어주셨고, CD에는 낯선 이름이 적혀 있었다. 니시무라 유키에.

검색해 보니 일본의 여성 팝피아니스트였다. 곧장 온라인으로 앨범을 주문했다. 그리고 음악감독님께 이 음악의 존재를 알려 드렸다. 음악감독님께서도 곡을 검색해 들어보신 후 대본과 찰떡이라며 흔쾌히 공감해 주셨다. 그 곡의 제목은 〈手紙(편지)〉였다.

어떻게 허락을 받지

이제 어떻게 이 음악을 공연에 활용할 수 있을지 확인해 허가를 받아야 했다. 어떤 음악을 쓸지 결정하는 것보다 훨씬 더 어렵고 고된 일이 되겠다는 생각이 들었다. 한국음악저작권협회에 문의를 했는데, 일본 아티스트라 일본 매니지먼트사의 회신을 기다려야 한다는 답이 돌아왔다. 심지어 답이 언제 어떻게 올지는 그들도 확답할 수 없다고 했다. 그렇다고 저작권 해결 없이 그냥 사용해 볼까 하는 생각은 전혀 없었다. 더군다나 해외 아티스트인데, 혹여 저작권 문제가 불거지면 나라 망신이라는 생각도 들었다.

할 수 없이 차선책을 추진해 보기로 했다. 우선 내 주변의 모든 선후배, 업계에서 만난 친구와 동료들 중 일본 아티스트나 에이전시와 연이 닿는 분이 계신지를 찾았다. 소개에 소개를 거쳐 단계별로 가까이 다가가고자 하는 생각이었다. 카카오톡 같은 메신저가 없던 시절이어서 한 분 한 분 문자와 메일을 보냈고, 문자가 조심스러운 분들께는 전화를 드려 상황을 말씀드리고 답변을 기다렸다. 몇 주가 지나도 연락이 오지 않았는데, 이상하게도 포기하고 싶은 마음은 들지 않았다. 범위를 넓혀 한동안 연락을 주고받지 않아 메시지 보내기를 주저했던 사람들에게까지 연락을 돌려 간절히 도움을 부탁했다.

이런! 근데 정말 정말 믿을 수 없는 일이 일어났다. 싱어송라이터로 활동하는 내 친구가 그 아티스트를 연결할 수 있다는 문자였다. '연결할 수도 있을 것 같다.'는 가정이 아니라 '연결이 가능해.'라는 확신의 언어였다. 이렇게 잘 풀릴 수 있는 건가 싶은 생각과 함께 감사한 마음을 가지고 그 친구를 찾아갔다. 알고 보니 그 친구는 일본에서도 꽤 긴 시간 엔터테이너 활동을 했었고, 그러면서 인연이 닿았다고 했다.

며칠 후 니시무라 유키에 님 매니저의 메일 주소를 받을 수 있었다. 구글 번역기의 감사함을 마음 깊이 느끼며 매니저님과 수차례 메일을 주고받았다. 요청하지 않으셨지만 우리가 먼저 대본도 일본어로 번역해서 보내 드렸고, 그 대본의 어느 부분에 해당 곡이 들어가면 좋겠는지 의견도 담았다. 물론 의견을 반영해 계약서의 세부 내용도 조율해 나갔다.

매니저님은 내게 니시무라 유키에 님께서 대본을 처음부터 끝까지 모두 읽으셨으며, 눈물을 무척 많이 흘리셔서 놀랐다고 했다. 그러고는 요청한 곡 외에 다른 곡들도 함께 추천해 주셨다. 더 감사했던 건 사용하는 곡 수가 늘더라도 비용은 늘리지 않으시겠다는 점이었다. 당신께서도 이 공연에 마음으로 함께 참여하고 싶어서라는 말씀과 함께.

추천해 주신 두 곡을 포함해 총 세 곡이 최종적으로 연극에 사용되었다. 분명 관객분들에게 큰 감동을 드리는 데 기여했을 거라고 생각한다. 또한 프레스콜 참여를 위해 니시무라 유키에 님이 직접 한국에 오셔서 축하 연주를 해 주셨다. 진한 감동이었다.

관객분들은 공연에서 배우들의 연기를 보며 감동하시지만

공연기획자로 살다 보니 나는 공연을 찾아 주신 관객분들은 물론 함께해 주시는 예술가분들에게 감동을 받는다. 그렇기에 공연기획자는 어떻게 하면 관객분들과 예술가분들께 더 많은 것을 안겨 드릴 수 있는지를 생각한다. 공연을 잘 만드는 것은 당연하고, 공연 외에 또 다른 부분에서 어떻게 감동 포인트를 만들 수 있을지 늘 고민해야 한다는 것을 잘 알고 있기 때문이다.

니시무라 유키에 님에게 감사한 마음을 갚고 싶었다. 어떻게 하는 것이 그분의 마음에 보답하는 길인지 매니저님께 물었지만 한사코 손사래를 치셨다.

"우리가 한국 갔을 때 당신이 맛있는 거 많이 사 주고 좋은 호텔에 좋은 교통편을 마련해 주셨잖아요. 우린 그것만으로도 충분히 행복해요."

"음, 그럼 혹시 니시무라 유키에 님의 한국 콘서트를 제가 해 보면 어떨까요?"

콘서트는 어떠실지요

당시 우리나라에는 작곡가이자 피아니스트인 유키 구라모토 님이 거의 매해 콘서트를 하고 있었다. 반면 니시무라 유키에 님은 주로 동남아에서 인지도가 높았고, 우리나라에서는 활

니시무라 유키에 님은 우리나라에 도착한 후 휴식 없이 바로 미팅하기를 원하셨다. 그래서 나는 공항에서 선생님과 매니저님을 픽업해 특별한 장소로 안내했다. 바로 아래 사진의 장소인 카페베네 목동점. 일에 관한 논의를 마친 후 왜 이 장소로 모시고 왔는지를 말씀드렸다.

"여기 이 자리에서 선생님의 음악을 처음 들었습니다."

2011년 봄, 니시무라 유키에 님과의 첫 미팅 날

동이 많지 않았다. 니시무라 유키에 님도 그런 부분이 우려된다며 오히려 나를 걱정하셨다. 하지만 그런 우려를 없애는 건 기획자에겐 오히려 쉬운 일이다. 무조건 빈 좌석이 없도록 하겠으니 객석 채우는 부분은 걱정하지 마시라고, 많은 사람이 당신의 연주에 심취되도록 좋은 공연장과 좋은 피아노를 준비하겠다고 약속했다.

그렇게 성사되었다. 마침 매니저님께서는 아시아 투어가 계획되어 있다며 투어에 한국도 포함시키는 방향을 제시해 주셨고, 우리는 동의했다. 공연 기획을 위해 니시무라 유키에 님을 다시 한국으로 초청해 여러 공연장을 함께 답사했다. 최종적으로 선택된 곳은 왕십리의 소월아트홀인데, 그 공연장을 선택한 이유도 참 인상적이다. 이미지나 인지도, 객석 수, 공항과의 거리 등 흔히 고려하는 편의적인 측면이 아닌, 니시무라 유키에 님이 선호하는 피아노가 거기 있다는 이유 때문이었다. 더 크고 좋은 공연장을 대관하고 해당 피아노를 대여하자고 제안드렸으나 그분의 대답은 단호하셨다.

"비싸요. 굳이 그럴 거 없어요. 저 공연장이 마음에 들어요."

사실 소월아트홀은 참 좋은 공연장이다. 특히 음향적인 측면에서는 국내 그 어느 공연장과 비교해도 뒤지지 않을 곳이다.

니시무라 유키에 님은 가장 중요한 부분, 그러니까 관객분들이 당신의 연주를 잘 들을 수 있는지만 생각하셨다.

객석을 채우는 일도 그리 고되지 않았다. 생각보다 그분의 인지도가 그렇게 낮지 않았으며, 마니아층도 어느 정도 형성되어 있었다. 가장 좋은 중앙 좌석 맨 앞 대여섯 번째 줄까지는 티켓을 오픈하자마자 순식간에 판매가 완료되었다. 피아노학원과 대학의 피아노학과 학생들로부터 단체 관람 문의도 많이 받았다. 모 대학에서는 교수님들과 대학원생분들이 단체로 관람을 오셨는데, 니시무라 유키에 님의 음악을 상당히 깊게 알고 계셔서 놀라기도 했다. 주한 일본 대사관의 도움도 컸다. 무작정 대사관에 연락을 드렸었는데, 친절히 도움을 받아 국내의 일본인 커뮤니티들과 연계할 수 있었다.

평생 마음에 새길 한마디

콘서트를 마친 후, 조촐하게 회식을 가졌다. 그 회식 자리에서 나는 정말 감사드린다는 말과 함께 궁금했던 부분을 여쭤보았다. 왜 요청한 곡 외에 다른 곡도 추천해 주시고 사용을 허락해 주시면서 금액을 더 받지 않으셨는지를. 그리고 니시무라 유키에 님에게 평생 잊지 못할 한마디를 들었다. 번역기를 통해 그

말을 옮기면 이러한데, 번역기가 인간의 마음을 다 표현하지는 못하는 것 같다.

"당신의 이야기에서 아티스트의 산물(곡)을 존중하는 정말의 마음이 담겨 있었다."

무대를 만드는 사람들

작곡가와 음악감독

연극과 뮤지컬에는 여러 음악이 필요한데, 새로운 곡을 제작하여 쓰는 경우도 있고 기존의 곡을 사용하는 경우도 있다. 새로운 음악을 만들 경우 작곡가가 노래와 오케스트레이션을 포함한 음악적 요소를 창작하게 되고, 기존의 음악을 쓰는 경우 작품에 맞게 편곡을 진행하기도 한다. 이렇게 음악을 준비하는 과정은 물론이고 준비된 음악을 바탕으로 배우들의 노래와 음악팀을 지휘하여 작품에 사용되는 음악을 관리하는 사람을 음악감독이라고 한다. 또한 음악감독은 배우들의 노래 연습을 지도하며 발성과 호흡, 감정 등을 제시하기도 하고 공연 중에는 직접 오케스트라를 지휘하기도 한다.

3막

무대를 여는 사람들의 손

976

뮤지컬 〈1976할란카운티〉
무대디자인 서숙진

기획되고 제작되는 수많은 문화 콘텐츠 중 공연과 행사만이 지닌 특성이 있다. 바로 현장성이다. 영화의 경우 과거에는 필름, 현재는 파일 형태로 공유 및 유통된다. 즉 심도 있게 만들어 놓은 후 다양한 곳에서 동시다발적으로 상영되어 매출을 극대화할 수 있는 형태이다. 게임도, 드라마도, 웹툰도, 웹드라마도, OTT도 제작자와 향유자가 물리적으로 한 공간 안에 있지 못한다. 그러나 공연과 행사는 다르다. 제작자와 향유자가 현장에서 함께 만난다. 이 부분이 공연과 행사의 아주 큰 매력이다. 제작자의 의도가 관객들에게 효과적으로 잘 전달되어 합이 맞을 때, 즉 서로 하이파이브가 될 때는 정말 준비 과정의 모든 스트레스가 한순간에 날아가는 듯한 느낌을 받는다.

공연기획자로 19년을 살아온 경험을 토대로 공연과 행사의 차이점을 언급해 보자면 가장 큰 차이점은 그 목적과 목표라고 생각한다. 공연은 '기획자와 예술가들이 치열하게 준비한 작품이 관객들과 만나게 되는 것'이라고 정의할 수 있겠다. 그러나 행사는 '그 행사를 주최하는 기업 또는 기관, 단체의 의도를 전달하고자 하는 커뮤니케이션 전략이 담긴 행동'이라고 생각한다. 기획자의 입장이 되면 그 차이점을 더 명확히 느끼게 된다. 달라도 정말 많이 다르다.

공연: 내가(우리가) 하고 싶은 얘기를 하는 것

행사: 그들이 하고 싶은 얘기를 잘 해 주어야 하는 것

그간 공연기획자로 살아왔지만 사실 행사기획자로 일한 적도 많다. 2023년에는 공연보다 더 많은 행사를 기획, 제작, 연출했을 정도이다. 회사의 운영과 유지를 위해 공연을 하지 않는 시기에는 다양한 사업을 수주해 행사기획자가 되어야만 한다. 국책사업 입찰에 참여하기도 하고 기업체의 행사를 진행하기도 한다. 우리 팀을 찾아 주시는 모 기업에서는 감사하게도 '공연기획자 출신의 행사 전문가'라고 나를 치켜세우시며 다양한 행사를 맡겨 주셨다. 한번은 그 기업 담당자님으로부터 아주 감사한 평가 말씀을 들은 적이 있다.

"기획이 다른 업체랑 뭔가 좀 달라요. 뭐랄까, 진심 한 방울이 더 담겨 있는 것 같아요."

물론 과찬인 줄은 알고 있다. 내 주제와 역량에 비하면 엄청난 칭찬이다. 그렇지만 영광스러웠고 기분이 좋았던 건 사실이다. 그런데 이 기분 좋은 이야기를 나 혼자만 들었다는 것이 여러 행사에서 나와 함께한 모든 사람에게 정말 미안했다. 나 혼자 한 건 아무것도 없는데 말이다. 나와 함께한 수십 명, 많게는 수백 명의 사람들이 있었기에 안정적인 행사 운영이 가능했고, 그들의 땀방울이 모두 합쳐져서 바로 그 '진심 한 방울'이 되었다고 생각한다.

*

공연과 행사는 차이점이 있지만 공통점도 분명히 있다. 초기 기획 단계부터 기획과 제작이 오버랩되는 순간, 제작에 역량이 집중되는 순간, 제작이 완료되어 관객분들이나 참여자분들을 만나는 순간, 완료 또는 마무리되어 정리하는 순간, 더 나은 다음을 위해 연구하고 토의하는 순간. 공연과 행사는 이렇듯 비슷한 단계를 거쳐 흘러간다. 그리고 중요한 것은, 이 모든 순간과 과정에 사람이 있다는 것이다.

발전되고 달라진 세상이 와서 AI를 이용해 업무 시간을 약간 줄일 수 있을지언정 그것들은 책임을 지지 않는다. 결국 사람들이 앞에 나와 조정하고 결정해서 펼치는 콘텐츠, 즉 사람으로 시작해서 사람으로 끝나는 콘텐츠가 공연과 행사다. 그래서 당연하게도 사람이 중요하다. 이렇게 공연과 행사를 진행하는 데 있어 필수적인 사람들이 모인 집단을 프로덕션이라 부른다.

일반적으로 프로덕션은 공연기획자와 기획팀에 의해 공연이 기획되다가 제작으로 오버랩되는 시점, 즉 제작 초기에 구축된다. 공연기획자라면 누구나 서로서로 떨어지지 않게 손깍지를 끼어 꼭 끌어안고 있는 끈끈한 형태의 프로덕션을 추구할 것이다. 구성원 모두가 명확한 목적과 목표를 가지고 참여하는 이 프로덕션은 각자의 특성과 성향은 강하게 드러내지 못하지만 각자의 역량과 기술은 강하게 드러내야만 하는 집단이다. 흔한 말로 '일로 만난 사이'라고 할 수 있는데, 그래도 끈끈한 집단이고 싶은…. 아 어렵다. 참 아이러니한 건 이런 전문가 집단을 이끄는 선장은 단 하나의 영역에도 전문적이지 못한 공연기획자라는 것이다.

프로덕션이라는 한 배에 탄 사람들은 희생과 헌신, 고생을 반복하며 하나의 작품을 만들어 간다. 선장 역할을 하는 기획자는 어떻게 해야 프로덕션의 구성원들이 행복하게, 편안하게 일

만에 하나 배가 좌초된다면 누가 노를 열심히 저었고 누가 덜 저었는지에 상관없이 모두가 똑같은 피해를 입는다. 그렇게 노력하여 목적지에 도착하면 그게 전부이다. 사실 뭐, 별 거 없다.

을 할 수 있을지를 항상 고민한다. 프로덕션을 굳이 배에 비유하는 이유는 공통점이 많기 때문이다. 우선 구성원 각자가 자신의 영역에 대한 전문성을 가지고 책임 있게 업무를 진행하는데, 정도가 미미하더라도 하나의 요소가 불안해지면 전체가 흔들리게 된다. 또한 주변 상황에 따라 다양한 위기에 노출되어 있고 직간접적으로 영향을 받지만 그러면서도 나아가야 한다. 만에 하나 배가 좌초된다면 누가 노를 열심히 저었고 누가 덜 저었는지에 상관없이 모두가 똑같은 피해를 입게 되는 것도 공통점이다. 그렇게 노력하여 목적지에 도착하면, 그게 전부이다. 사실 뭐, 별게 없다.

*

그러니까 결국 중요한 것은 목적지에 도착했다는 사실이 아니다. 프로덕션에게는 그 목적지까지 가는 과정과 기록, 추억이 중요한 것이다. 작품이 숫자적으로 흥행했다고 해서 무조건 성공했다고 평가할 수 있을까? 목적지에 정확히 도착했다고 하더라도 과정상 반칙이 있었다거나 내부의 갈등과 상처가 있었다면 그 도착을 성공으로 판단할 수 있을까?

내가 꾸린 프로덕션이 매번 완벽한 항해를 했다고 자신할 수는 없다. 행복하지 않았던 과정도 있었고, 실패한 과정도 있었다. 누군가에게 상처를 주거나 상처를 받은 적도 있고, 소중한 사람과의 관계가 훼손된 적도 있다. 3막에서는 프로덕션과 그 안의 사람들에 대한 이야기를 해 보고자 한다.

1장

믿을 건 이 사람들뿐

행사는 ○○일. 단, 셋업은 행사 전날 오후 5시 30분부터 행사 당일 오전 8시까지만.

계획대로만 하면 가능했다. 각종 제작물들을 외부에서 모두 만들어서 가져와 현장에서 배치-조립-마감하는 방식으로 하면 되고, 필요한 부스나 의자, 테이블 등은 인해전술로 해결하면 된다. 그 이후에 각종 장비, 장치들의 시운전과 체험 운영의 사전 테스트, 무대 리허설 등을 진행하면 된다. 머릿속 생각을 그대로 정리해 보자.

1. 금요일 17시 30분 마지막 관람객이 건물을 이탈하자마자 부스팀이 물량을 가지고 진입해 설치를 시작한다.
2. 부스가 서면 전기팀이 들어가 부스에 전기를 연결한다.
3. 부스와 전기가 구축되자마자 렌털팀이 테이블과 의자를 세팅한다.
4. 테이블과 의자가 세팅되는 대로 교구 업체가 각 부스에서 운영할 각종 품목, 교구 등을 반입, 세팅, 설치한다.
5. 교구가 세팅되면 다 같이 모여 삼각김밥과 콜라를 하나씩 먹고,
6. 운영 매니저들은 운영 요원들과 함께 교구의 활용 방안과 운영 방식을 체크하고,
7. 체크가 끝나면 실제 관람객들을 만날 운영 요원들은 각자 배치된 자리로 이동한다.
8. 배치된 운영 요원들이 교구를 직접 만들어 보면서, 운영 매니저들과 응대 멘트, 교구 체험 및 운영 방식 등을 조율하고 외운다.
9. 1층이 이 정도 되면 이제 2층을 공격해야 한다. 화물 엘리베이터를 통해 무대 세트를 구성할 철제 구조물들을 2층으로 올린다.

10. 철제 구조물을 조립한다.
11. 구조물 조립이 어느 정도 완료되면 전기팀이 들어가 무대 좌우측에서 고용량 전기를 활용할 수 있도록 전기를 연결한다.
12. 전기가 확보되는 대로 음향팀과 조명팀이 장비를 꺼내 세팅을 시작한다.
13. 무대의 철제 구조물을 커버하는 패키징 작업을 하고, 패키징이 마무리되면 음향과 조명 장비를 무대 후면 좌우에 적절히 배치한다.
14. 스태프끼리 테크 리허설을 진행하고, 문제가 없으면 내가 직접 현장을 보며 아티스트와 함께 리허설을 한다.
15. 리허설을 하는 사이 각종 배너와 부착물 같은 홍보물을 시공 및 설치한다.
16. 드레스 리허설은 생략한다. 거기에 할애할 시간이 없다. 아티스트가 무대 위에서 공간감을 느끼고 살짝 연주, 연기를 하며 대사나 음악이 관객분들께 어떻게 전달되는지 대략적으로 느껴 보는 정도로만 진행한다.

머릿속 계획처럼 이렇게 착착 진행이 되면 큰 문제가 없을 과정이다. 모든 구성원에게 이런 형태의 작업이 불가피함을 설명했고 행사 현장에서의 작업 시간을 최소화할 수 있도록 사전 작업에 힘을 쏟아야 한다는 걸 강조했다. 물론 만약의 사태가 있을 수 있다. 이 사태들을 미리 예상해 놓으면 대처가 빠를 수 있으니 우리 PD들은 각 팀의 담당자들과 통화하며 지원이 필요한 요소나 예상할 수 있는 어려움을 정리하느라 분주했다. 그리고 셋업에 들어갔다.

19년 차고 나발이고 힘들다

마음 좋은 기획자의 모습을 보이고 싶다는 내 소망은 셋업 시작 후 두어 시간 만에 포기했다. 다양한 공간에서 동시다발적으로 일어나는 행사 준비의 과정 전체를 모니터링하면서 중간중간 개입하고, 필요한 부분을 조정하는 과정이 쉽지 않았기 때문이다.

다행히도 우리가 예상한 각종 사고는 일어나지 않았다. 하지만 예상치 못했던 일들이 여럿 일어났고, 우리 계획은 무너졌다. 차근차근 문제를 해결하면서 밀고 갔으나 조금씩 틀어진 시간 계획이 관건이었다.

보통 사람들이 일과를 마치고 퇴근할 금요일 저녁 5시 30분에 본격적으로 일을 시작했기 때문인지 수십 년 경력의 베테랑 목수님들이나 세트 스태프들, 렌털 업체, 장치팀 등 모두가 생각만큼 작업에 속도를 붙이지 못했다. 그런 와중에 하드웨어팀의 작업 종료를 기다리는 소프트웨어팀들, 이를테면 전산 시스템 구축팀이나 노트북과 같은 기기를 설치하는 팀, 부스 운영팀 및 운영 담당자, 운영 요원 아르바이트 학생들까지도 점차 지쳐 가고 있었다. 눈빛만 봐도 서로 통할 만큼 나와 수년간 함께 일한 PD들도 감기는 눈꺼풀을 정신력으로 밀어 올리는 중이었다.

안정된 셋업을 위해 인원 투입에 비용을 아끼지 않았다. 행사 현장 구축을 위해 투입된 사람만 100여 명에 달했다. 40명에 이르는 운영 요원 아르바이트 학생들의 젊은 패기가 활력소로 작용하여 다양한 파트에 도움이 될 거라고 생각했기 때문이었다. 하지만 이들의 투입은 현장 구축이 어느 정도 되었을 시점이어야 했다. 대형 장비들이 설치되고 난 이후, 즉 안전 사고가 발생하지 않을 타이밍이 되어야 투입이 가능했다. 그런데 각종 공정이 조금씩 딜레이되면서 전체 일정도 그만큼씩 계속 늦춰졌다. 문제는 이들을 밤늦은 시간까지 계속 대기시킬 수 없다는 점이었다. 이 인원들은 다음 날 아침 9시부터 수백, 수천의 관람객을 맞이해야 하기 때문에 늦어도 밤 10시 전에는 반드시 귀가를 시켜야만 했다. 그래야 관람객분들을 친절하게 맞이할 수 있으니까. 만약 운영 요원들이 피곤하다면 그건 반드시 관람객에게 전달될 것이 분명했다.

결국 이 젊고 활기 넘치는 20대 아르바이트 학생들을 제대로 활용하지 못하고 귀가를 시킬 수밖에 없었다. 그들을 귀가시키며 이제 어떻게 해야 하나 막막한 생각만 들었다. 내 오른팔 왼팔 역할을 맡고 있는 PD 둘을 잠시 행사장 밖으로 불러 비타 500을 하나씩 건네며 이렇게 말했다.

"진짜 생각대로 잘 안된다. 그치?"

"딜레이되긴 하는데, 시간 안에는 꼭 마쳐야 돼."

"작업팀들 잘 다독이면서 잘 독려하자."

정말 말도 안 되는, 쓸데없는 얘기였다. 이미 둘 다 그렇게 잘 하고 있었기 때문이다. 사실 내 입에서 멘트만 저렇게 나갔을 뿐 내가 하고 싶은 이야기는 따로 있었다.

'각오 단단히 하자.'

'우리 오늘 집에 못 들어갈 것 같은데, 괜찮지?'

'정신 차려, 지치면 안 돼.'

PD 둘은 내 말도 안 되는 이야기에 "네!"라고 힘차게 대답했다. 그들의 힘찬 대답이 더 아프고 찡했다. 순간 너무도 미안한

그들의 힘찬 대답이 더 아프고 찡했다. 순간 너무도 미안한 마음이 들었지만 미안하다고 말할 수는 없었다. 바람이 제법 날카로웠던 가을밤, 모두의 얼굴에는 땀방울이 맺혀 있었다.

마음이 들었지만 미안하다고 말할 수는 없었다. 바람이 제법 날카로웠던 가을밤, 모두의 얼굴에는 땀방울이 맺혀 있었다.

결국엔, 사람

다시 행사장 내부로 들어갔다. 그런데 눈앞에 펼쳐진 장면에 등줄기에서 뭔가 뜨거운 게 쫙 펼쳐지는 느낌을 받았다. 행사장에 어벤져스들이 나타나 있었다. 무대 공연과 강연 연출, 진행을 담당하는 무대감독님과 연출팀분들이 셋업 과정에 달라붙어 짐을 옮기고 박스를 열어 세팅을 하고 있었다. 이미 스태프들과 리허설을 마친 상태였기에 당연히 귀가했어야 할 사람들이었다.

"나중에 맛있는 거 꼭 사 줘요!"

시종일관 웃음기 가득한 얼굴로 묵묵히 도와주시던 무대감독님의 표정을 잊지 못한다. 대형 뮤지컬의 대본을 쓰고 연출하는 연출가님께서도 배너 게시대와 작품 전시용 가구를 조립하는 등 아르바이트 학생들이 해야 할 일들을 맡아 하고 있었다. 저 멀리서 음향팀, 조명팀 감독님들도 목장갑에 손가락을 넣으면서 우리 앞으로 다가오셨다.

"뭐 도와줄까, 뭐? 응? 말해. 말해. 뭐를 해 줄까?"

잠시 주저주저했으나 우린 필요한 일을 말씀드렸다. 그렇게 많은 분께서 짐을 옮겨 주시고 주변 정리와 청소를 해 주셨다. 결제 시스템 업체분들은 밤 아홉 시에 일을 마쳤지만 목수팀의 작업을 돕다가 밤 열두 시 반이 되어서야 귀가했다고 한다. 셋업이 마무리될 즈음에는 내 일과 네 일의 경계가 완전히 없어졌다. 모두 함께 부스와 무대, 세팅 상태를 살피고 보완했다.

그렇게 단 한 건의 사고 없이 셋업을 마치고 다음 날 완벽한 상태에서 행사를 운영할 수 있었다. 함께한 그 고생과 노력이 그 축제를 각자의 마음속에 '내 행사'로 인식되게 했다고 생각한다.

행사에 참여한 구성원들의 마음속에 주인의식이 생겼을 때 그 행사가 실패할 가능성은 단언컨대 제로다. 당연히 우리는 실패하지 않았다. 이 결과가 내 배에 함께 탄 사람들의 덕분임을 나는, 우리 기획팀은 너무도 잘 안다.

이렇게 모든 위기는 천재지변처럼 생기고, 천재지변을 넘어서는 건 사람의 힘과 노력이다. 결국 사람이 해결책이라는 걸 새삼스레 다시 한번 느낀 그때 그날을 잊지 못한다. 그러면서 이 고민으로 괴로울 지경이다.

'아…, 이 사람들에게 이걸 다 언제 어떻게 갚지?'

셋업과 철수

세트를 올린다(세우다)는 의미로 공연과 행사를 위해 각종 무대 세트 및 음향, 조명, 영상, 특수효과 장비들을 모두 다 구축하는 과정을 셋업이라고 한다. 재미있는 건, 이것들을 구축할 때는 영어식 표현인 '셋업(set-up)'을 쓰지만 다시 해체할 때를 셋다운(set-down)이라고 부르지는 않는다는 점이다. 그때는 그냥 우리말로 '철수'라고 표현하고, 현장에서는 셋업과 철수를 붙여서 흔히 '셋업철수'로 표현한다. 예를 들면 이렇게 대화한다.

"그 연극은 셋업철수 일정이 어떻게 되나요?"

2장

기획팀도 들어오세요

앞에도 잠깐 언급했지만, 기획자를 비롯한 기획팀 구성원들은 예술가분들로부터 배제당한다는 느낌을 받을 때 섭섭한 마음이 든다. '우리도 작품 엄청 사랑하는데….' '작품에 대해 이야기하고 싶은 게 많은데….' 하는 생각에서다.

공연을 기획하는 시점부터 예술가분들이 본격적으로 합류하기 전까지의 기간이 얼마나 오래 걸렸는지는 기획자와 기획팀밖에 모른다. 그 기간 동안 기획자는 수많은 기관과 기업 사람들을 만나며 제안과 조율을 반복한다. 이 모든 사전 활동이 눈에 보이는 결과로 맺히면 이제 공연은 본격적으로 기획 단계에서 제작 단계로 넘어간다. 이런 특성상 공연 작품과 가장 오랫동안 함께한 사람은 당연히 기획자와 기획팀이라고 할 수 있다.

그렇게 공연이 시작되면 배우와 스태프 들은 관객분들을 만나고 박수를 받는다. 그러나 기획팀은 관객분들과의 접점이 없다. 관객분들은 기획팀의 존재를 아예 모르는 경우도 있고, 알더라도 활동 범위와 고생의 정도를 예측하기 어렵다. 기획자와 기획팀은 그러한 소외를 담담하게 받아들여야 한다.

가깝지만 먼 간극

배우, 스태프, 연주자 등으로 구성된 예술가 집단은 공연을 유지하고 진행하는 역할을 한다. 반면 기획자와 기획팀은 사업의 매출 증대와 관객 관리, 마케팅과 홍보 영역의 업무를 진행한다. 이렇게 예술가와 기획팀은 담당하는 영역이 자연스럽게 나뉘고, 둘 사이엔 보이지 않는 간극이 있다. (물론 절대적으로 그런 것은 아니다. 현장에서 배우와 스태프 들의 다양한 문제를 해결해 주면서 기획팀의 손발 역할을 하는 '컴퍼니 매니저'라는 직책의 PD도 1~2명 정도 있다.) 생각해 보면 매일 모여 연습하면서 함께 식사하고 고민하고 땀 흘리는 배우, 연출진, 스태프 들이 똘똘 뭉치는 건 당연한 일이다. 그리고 그 틈에 끼지 못하는 기획팀은 점

예술가와 기획팀은 담당하는 영역이 자연스럽게 나뉘고, 둘 사이엔 보이지 않는 간극이 있다. 생각해 보면 매일 모여 연습하면서 땀 흘리는 배우, 연출진, 스태프들이 똘똘 뭉치는 건 당연한 일이다.

차 멀어지기 마련이다.

오랜 시간 그렇게 일하다 보니 기획팀은 예술가들의 하나된 모습과 파이팅을 한 발짝 뒤에서 응원하며 박수를 보내는 역할을 할 때가 많다. 때로는 예술가들 사이에 단합된 분위기가 만들어지지 않을 경우 각종 방안을 세워 그들의 합심을 유도하고 분위기를 조성하기 위해 노력한다. 이를테면 같이 MT를 가거나 훌쩍 어딘가로 대본 워크숍을 가거나 하는 식으로 일명 '친해지기 프로젝트'를 시도하는 것이다. 같이 대본을 읽으며 식사와 음주를 하고 진심을 나누기를 희망하는 그런 프로젝트에 기획팀도 함께 참여하기는 한다. 그러나 전쟁으로 치자면 실탄과 식량을 후방에서 지원하는 '전투 근무 지원' 역할로 참여할 뿐, 그들의 관계 사이에 직접적으로 자리 잡으려 하지 않는다.

나와 우리 기획팀도 마찬가지다. 공연에서 해야 할 당연한 업무는 물론이고, 예술가들이 더욱 편하고 재미있게 공연할 수 있도록 다양한 지원을 아끼지 않는다. 그리고 이러한 부분에 대해 배우분들이, 스태프분들이 고마움을 표하거나 특별히 알아주지 않아도 섭섭하지 않을 만큼 성숙했다.

하지만 2021년 어느 날, 그 성숙함이 와르르 무너지는 일이 벌어졌다.

우리는 한 팀

2021년, 우리 프로덕션은 처음으로 대극장 뮤지컬에 참여하게 되었다. 서울 중구 신당동 떡볶이 골목 맞은편의 충무아트센터에서 열리는 뮤지컬 〈1976할란카운티〉라는 작품이었다. 하필 코로나19가 한참 극성을 부렸지만 처음 경험하는 큰 극장에서의 뮤지컬이라 마음이 많이 설레었다. 나와 오랜 인연과 사연이 있는 유병은 연출가의 작품이기도 했고, FT아일랜드의 이홍기 님, B1A4의 산들 님, 클릭비의 오종혁 님, 내 데뷔 첫 공연의 주인공 이건명 님 등 캐스팅도 화려했다.

준비는 순조롭게 진행되었다. 연출부, 배우, 스태프, 연주자 등 모든 파트의 팀워크가 여기저기 자랑할 만큼 매끄러웠고 그만큼 관계도 끈끈했다. 그 끈끈함이 너무나 부러웠다. 나도 그들 사이에 섞이고 싶다는 생각이 여러 번 들었다. 기획자로서의 성숙함을 잃은 것이다. 나중에 들은 얘기지만, 나뿐만 아니라 우리 기획팀 팀원들의 마음도 모두 다 그러했었다고 한다.

이 탐나는 팀워크와 끈끈한 관계는 당연히 행복한 공연으로 이어졌다. 연습 첫날부터 막공 후 마지막 인사를 나누는 그 순간까지 프로덕션 내에 단 한 번의 갈등과 사고 없이 안전하게 공연을 마쳤다.

뮤지컬 〈1976할란카운티〉의 멤버들, 그리고 마지막 파이팅콜

정말 끈끈하게 하나가 되었던 멤버들.
기획팀은 이들을 보며 감동했고, 우리가
보내는 박수가 한없이 부족하게 느껴졌다.

공연 종료일이 다가오고 있던 어느 날이었다. 그날은 우연히 기획팀 다섯 명 모두가 공연장에 있었다. 이런 날은 정말 흔치 않다. 외부에서 업체들을 만나 미팅을 하거나, 또는 단체 관람객 유치를 위해 영업 활동을 나가거나 해서 모든 기획팀 멤버가 한데 모이기 참 힘든데 그날만큼은 오롯이 공연장에 있게 되었다.

"오! 이런 날이 다 있네. 오늘은 기획팀 회식이다!"

나는 기획팀 멤버들에게 공연을 마치고 신당동 떡볶이와 닭발을 먹으러 가자고 제안했다. 그렇게 '우리끼리' 회식을 하러 가자고 말했던 이유는 배우와 스태프 들이 하나가 되어 있는 모습을 보며 내심 부러웠기 때문이기도 했다.

공연 시작 20분 전 즈음, 파이팅콜 시간이 되었다. 배우와 스태프 들이 손을 모으고 파이팅을 외치는 시간이다. 파이팅콜 시간이 되면 기획팀은 뒤쪽에 서서 뿌듯하고, 대견하고, 감사한 마음을 담아 박수를 보낸다. 그날도 마찬가지로 먼발치에서 손뼉을 칠 준비를 하고 있었다. 그런데 그날따라 며칠 만에 공연장에 온 유병은 연출가가 우리 쪽을 쓱 돌아보며 말했다.

"기획팀도 다 같이 이리 들어오세요."

순간 우리 기획팀 모두는 멈칫했다. 그러자 배우분들이, 스태프분들이 한마디씩 거들었다.

"아이고, 어서 빨리 이리 들어오세요!"

"그래요! 같이해요!"

"우리는 한 팀! 원 팀!"

잠시 후 우리는 자석에 끌려가듯 스르르 다가가 예술가들의 빛나는 손 위에 우리 손을 얹었다. 그리고 감사함을 담아 같은 구호를 입 모아 외쳤다. 예술가들과 함께, 하나 되어.

무대를 만드는 사람들

컴퍼니매니저

컴퍼니매니저는 공연에 참여하는 배우와 스태프를 위한 행정 업무를 맡는다. 배우와 스태프 들의 일정 조정 및 계약, 복지 등의 처리를 전담하는데, 지방 공연이나 해외 공연이 진행될 경우 숙소나 이동 수단 관리 등의 업무도 컴퍼니매니저가 담당한다.

3장

투자라는 양날의 검

예술경영적인 측면에서 볼 때 공연 프로덕션을 운영하는 방식은 다양하다. 모든 공연기획자가 희망하는 구조는 제작한 공연이 계속 이익을 창출하면서 프로덕션 내부에 기획팀과 운영팀을 꾸리는 구조다. 그렇게 기존 보유한 공연이 유지되고 신규 개발이 조화롭게 이루어지는…. 아, 생각만 해도 행복한 상황이다. 너무나 이상적인 배, 모든 걸 다 갖춘 완벽한….

모두가 이런 형태를 희망하지만 흥행 사업이 계획대로, 마음대로 되지는 않는다. 대형 뮤지컬을 만드는 제작사는 물론이고 중소형 공연을 만드는 제작사들까지, 모두들 힘든 부침을 겪고 있으리라 생각한다. 코로나19 사태는 물론이고 그전의 메르스나 사스 등의 질병들이 횡행할 때 공연계는 큰 타격을 입었다. 세월호나 이태원 참사 같은 국가적 재난 상황이 발생했을 때도 공연장으로의 발걸음은 현저히 줄어들게 마련이다. 경제가 어려우면 서민들이 소위 노는 것, 즐기는 것에 대한 소비를 가장 먼저 줄인다는 건 상식이지만 누구도 특별한 대안이나 해결 방안을 내놓지 못한다.

이런 시장 특성 때문에 많은 제작사가 국가나 지방 자치 단체, 지역 문화재단의 지원 사업에 의지한다. 그러나 모두에게 혜택이 돌아가지는 않는다. 국민들의 혈세로 마련되는 지원 사업 자금 규모가 수백억, 수천억 원이 아니기 때문이다. 지원 사업에 뽑히기 위해 정말이지 두꺼운 서류들을 빼곡히 채워 제출하지만 최종적으로 선정되기란 바늘구멍처럼 좁디좁은 문을 통과하는 것과 같다.

그 좁은 문을 통과해 일부 자금을 조달받았다 하더라도 높아지는 인건비를 비롯한 각종 비용 등으로 인해 필요한 예산이 충족될 리가 없다. 그래서 이후에는 민간 투자사를 찾게 된다. 하지만 공연 사업은 리스크가 크기에 투자금이 쉽게 모아지지 않는다. 영화의 경우 하나의 파일을 카피해 몇백 곳의 영화관에서 동시 상영하며 매출을 올릴 수 있지만, 공연의 경우는 오직 한 군데 공연장에서만 매출을 일으킬 수 있다. 따라서 리스크가 큰 데 반해 리턴이 비교적 크지 않다는 약점이 있고, 그 때문에 건강한 투자가 충분히 이뤄지기 쉽지 않다.

투자사는 투자한 자금을 안전하게 회수하는 것이 중요하기에 공연의 흥행 여부와 상관없이 제작사에게 원금 보장을 요구하는 경우가 많고, 제작사는 이러한 요구를 거절할 명분이나 대안이 없다. 콘텐츠의 가능성을 예상한 '투자'가 아닌, '대출'과 더 비슷한 조건의 이런 투자를 받은 제작사는 그야말로 낭떠러지 끝에 서 있는 심정이 되기 마련이다. 나 역시 프로덕션 설립 초반 이러한 형태의 투자를 여러 번 받은 경험이 있기에 그 심정을 잘 안다.

아랫돌 빼서 윗돌 괴기

다행히 작품이 흥행에 성공하면 투자사에게 원금과 수익을 배분할 수 있다. 문제는 흥행이 되지 않았을 때다. 그야말로 앞길이 막힌 제작사는 다음 작품을 준비한다. 그리고 다음 작품으로 새롭게 투자를 받아 앞의 손실액을 메우고 나머지 비용으로 해당 작품을 준비하게 된다. 예를 들어 위와 같은 상황이 생

투자사는 원금 보장을 요구하는 경우가 많고,
제작사는 이를 거절할 명분이나 대안이 없다.
대출과 더 비슷한 조건의 이런 투자를 받은
제작사는 그야말로 낭떠러지 끝에 서 있는
심정이 되기 마련이다.

겨 3억 원을 투자받은 제작사가 앞의 공연 손실액 1억 원을 메워 낸 후 나머지 2억 원으로 3억 원 가치의 공연을 만들어야만 하는 과제를 안게 된다면 과연 행복할까? 결론부터 말하면 절대 행복할 수 없다. 제작사는 2억 원을 써서 3억 원 만큼의 가치를 일으켜야 하니 오버 페이스를 하게 된다. 오버 페이스의 부담은 공연을 만드는 구성원들이 질 수밖에 없고, 최종적으로는 관객에게 돌아갈 수밖에 없는 구조이다. 이런 형국에 갇힌 제작사는 작품을 쉬고 싶어도 쉴 수 없고 멈출 수도 없으며, 쳇바퀴 돌듯 계속 페달을 돌려야 하는 상황에 놓이게 된다.

프로덕션을 설립한 초반, 나 역시 민간 투자를 받았다가 위와 같은 상황에 놓일 뻔했다. 하지만 우리 팀은 다음 작품으로 투자를 일으켜 앞의 손실을 메우는 방식을 택하지 않았다.

"저희가 다른 일을 해서 투자 손실분을 갚아 나가겠습니다."

당시 투자사 담당 팀장님의 표정을 잊을 수가 없다. '대체 무얼 할 수 있는데?' '무얼 해서 이걸 갚을 건데?' 하는 듯한 그분의 표정을. 당시 우리가 투자사에 상환하지 못한 금액은 투자액 1억 원 중 3,500만 원가량이었다. 공연을 마친 후 일정 기간 안에 투자금을 상환하지 못하면 매월 정해진 만큼의 이자를 내야 했는데, 쳇바퀴 굴리듯 기계적으로 작품을 개발해야 하는 부담보다 차라리 그 이자를 납부하는 부담이 더 가볍다는 생각이 들었다.

그때부터였다. 우리는 하루에 한 번씩 국가 종합 전자 조달 사이트인 나라장터를 뒤졌다. 올라오는 수많은 행사 운영 대행 사업, 각종 단체의 문화 행사 기획 제작 사업 등의 입찰 공고를 살피며 우리가 할 수 있겠다는 판단이 들면 무조건 자료를 준비해 응하기 시작했다.

우린 진짜 닥치는 대로, 걸리는 대로 일을 했다. 900만 원의 예산이 잡힌 3일짜리 행사를 해서 140만 원의 수익을 만들고 그중 100만 원으로 밀린 이자를 냈던 기억이 난다. 팀원들의 급여와 각종 경비를 충당하면서 그 3,500만 원을 다 갚을 때까지 우린 새 프로젝트를 시작하지 않았다. 무조건 이걸 다 갚은 후에 다음 작품을 고민하자고 굳게 다짐했었다.

그 투자사에 마지막 원금과 지연 이자 몇십만 원을 입금한 날, 우리는 사무실 앞 단골 중국집에서 회식을 했다. 다 같이 쓰러져 죽을 만큼 소맥을 먹자며 힘차게 달렸다. 다행인 건 당시 우리 프로덕션 구성원들은 술을 거의 마시지 못한다는 점이었다. 당시 나를 포함한 다섯 명이 한참을 달리고 일어날 때 테이블 위에는 소주 한 병과 맥주 두 병이 있었다. 그나마 맥주 한

병은 묵직하게 남은 상태였다.

제작 방식을 바꿔야 한다

그 이후부터 우리는 작품 시작 전 민간 투자를 일체 받지 않았다. 당시의 경험을 바탕으로 각종 수익 창출을 목표로 한 사업을 진행해 프로덕션을 운영하고, 이익의 일부를 별도로 쌓아 그 예산으로 해낼 수 있는 공연을 기획했다. 문화체육관광부 산하 기관인 한국문화예술위원회의 창작 뮤지컬 지원 사업이나 한국콘텐츠진흥원의 제작 지원 사업 등에 선정이 될 경우 작품의 규모를 좀 더 키우는 방향으로 기획을 수정하며 추진하기도 했다. 혹여 그런 지원 사업에 선정되지 못한 상태에서 예산이 부족할 경우에는 1금융권 은행에서 부족한 금액만큼만 사업자 대출이나 신용 대출을 받는 방식으로 해결했다.

이러한 방식은 우리 팀 전체가 스스로 페달을 돌리는 방식이다. 어떻게 해야 투자사에 의존하지 않고 스스로 설 수 있는지를 고민한 끝에 내린 결론이다. 이 방식이 물론 정답이라고 생각하지는 않는다. 이건 오직 프로덕션의 대표인 내 결정이며 팀원들이 동의했기에 적용이 가능한 것이다. 이 방식을 도입하기 위해 팀원들을 설득할 때 했던 말이 있다.

"우리가 각자 발전할 수 있는 가장 효과적인 방법이 뭘까?"

일반적으로 공연보다 행사를 할 때 기획과 제작, 실행의 물리적인 기간이 짧다. 그렇기에 행사를 맡으면 짧은 기간에 총괄 기획자로서 업무 영역을 구축하고 빠르게 결정을 내리며 책임감을 느끼고 배울 수 있다는 장점이 있다. 스태프들을 이끌어 보거나 사업을 추진하면서 각종 커뮤니케이션의 경험을 쌓기에도 좋다. 결과적으로 오랜 행사를 거치며 이제는 내 오른팔 같은 후배 PD에게 점차 다양한 사안의 판단과 결정을 맡길 수 있게 되었다.

나와 우리 팀 PD들은 여러 행사를 통해 분명히 성장하고 발전했다. 행사장에서 주최 측 분들과 참여자분들께서 행복해하시는 모습을 볼 때면, 공연할 때 관객분들께서 행복해하시는 모습을 볼 때와 다르지 않다. 유사한 감동과 짜릿함이 느껴진다.

다만 과정의 감동과 행복함에 있어서는 결의 차이가 있다. 우리가 하고 싶은 이야기를 가장 잘 전달하기 위해 치열하게 대화하고 갈등하며 서로가 서로에게 영향을 주고받는 공연만의 매력을 행사에서는 느끼지 못했기 때문이다. 행사를 잘한다는 감사한 칭찬과 평가를 들으면서도 우리는 행사 운영사나 이벤트기획사가 아닌 공연기획사라는 사실을 잊지 않기 위해 팀원들과 다음과 같은 얘기들을 은근슬쩍 나누려고 노력한다.

최근의 사회 문제에 대한 각자의 생각을 이야기하기
최근 흥행하는 영화 보고 함께 리뷰해 보기
요즘 자신을 행복하게 하는 요인에 대해 이야기하기
그래서, 우리가 결국 하고 싶은 건 뭐지?

이런 얘기를 랜덤으로 팀원들 모르게 은근슬쩍 대화에 섞으려 하는데, 팀원들이 영영 이런 나의 취지와 의도를 몰랐으면 좋겠다. 그런데 결국 이 책으로 다 알려지겠지? 아니다, 이 책을 읽지 않으면 모를 수도 있지. 아니다, 지금도 혹시 마음속으로는 알고 있을지도 모르지. 아니다, 그들이 알고 있다면 내 마음을 어떻게 이렇게 몰라줄 수가 있는 거지? 아니다, 그들이 왜 내 마음을 다 헤아려야 하지?

이런 고민을 하며 경험과 실적이 쌓이고, 우린 또 그만큼 발전하고 성장하며 결국 함께 더 좋은 공연으로 관객들을 만날 준비를 한다. 위아래가 있긴 하나 한배를 탄 선원으로 함께 노를 저으면서, 구멍이 나면 함께 그 구멍을 메우면서, 고장 나면 그 부위를 같이 수리하면서. 함께이기에 그 어떤 거친 파도와

바람이 불어도 이겨 낼 수 있을 거라고 믿으며. 완벽한 팀워크를 추구하면서.

무대를 만드는 사람들

의상디자이너와 분장디자이너

의상디자이너와 분장디자이너는 배우들을 해당 캐릭터로 변신시키는 역할을 한다. 의상디자이너는 각 캐릭터의 성격과 시대적 배경을 고려하여 의상을 제작하고, 필요할 경우 의상의 교체가 수월하도록 조절하는 역할을 한다. 분장디자이너는 작품 속 캐릭터와 이를 표현할 배우의 특성에 맞춰 분장을 진행한다. 때로는 가발을 활용하여 캐릭터의 외모를 강조하는데, 공연의 특성상 가까이에 앉아 관람하는 관객들도 자연스럽게 느껴지도록 분장하는 것이 중요하다.

4장

계속 이렇게 살고 싶어

트래픽이 돈이 된다는 말은 이제 상식이다. 사람들이 무언가에 관심을 가지고 모이면 그것이 시장의 규모를 형성하여 다양한 경제적 효과를 낸다는 의미이다.

예를 들어, 사람들이 선거 때 투표를 잘 하지 않는다고 가정하자. 이럴 때 투표를 꼭 하라고 반복 공지하는 방법은 별로 효과적이지 않아 보인다. 일반적으로 투표율을 올리려면 유권자들이 선거에 관심을 가질 수 있도록 사람들이 많이 모이는 곳에 후보자들이 가서 인사도 하고 연설도 하면서 유권자들과 스킨십을 해야 한다. 또한 SNS에 자신들의 활동을 홍보하고 광고

하는 것도 필요하다. 이렇듯 사람들이 투표를 많이 하게 하려면 다양한 방식을 통해 관심과 호기심을 일으켜 우선은 '선거'라는 이벤트에 점차 모여들게 하는 것이 적절한 방향이다. 이런 측면에서 내가 종사하고 있는 공연 시장과 업계를 바라보고자 한다.

화려하지 않은 현실

공연업에 종사하는 사람들의 삶은 그리 여유롭지 못하다. 관객들보다 먼저 나와 일해야 하고, 관객들이 모두 집으로 돌아가고도 한참이 지나서야 일을 마치기 때문에 안타깝기 그지없을 때도 많다. 공연업 종사자들이 주 52시간 근무를 지키는 건 현실적으로 불가능에 가깝다. 그러니 공연제작사를 운영하는 다수의 대표자들은 국가가 정한 근로 제도를 상당 부분 어기고 있는 형국이다.

더 처참한 것은, 공연업 종사자들이 가장 바쁜 시기가 일반인들이 쉬는 시기라는 점이다. 어린이날, 크리스마스, 연말, 연초, 연휴 등 흔히 말하는 달력의 빨간 날에 사람들은 보통 휴식을 하지만 공연업 종사자들은 바쁘게 일해야 한다. 그래서 우리끼리는 흔히 이렇게 말한다. '남들 놀 때 일하고 남들 일할 때 당연히 같이 일한다.'

공연기획에 뜻이 있는 학생들을 만날 때가 종종 있는데 언제까지 막연히 돈보다는 꿈이라는 이야기로 사탕발림할 수 있을까. 점차 한계를 느낀다. 이제 솔직하게 있는 그대로 얘기를 해 줘야 하는 것이 아닌가 싶다.

당연히 재미는 있어. 근데 힘들어. 밤샘 업무는 당연히 많고 지방 출장도 잦아. 그리고 출장 때 호텔보다는 모텔에서 잘 때가 훨씬 많아. 빨간 날 쉬지 못하는 건 다반사고. 그렇다고 돈을 많이 벌지도 못해. 그러니까 부모님을 부양해야 한다거나 하는 이유로 돈을 벌어야 하는 상황이라면 직업으로 공연기획 일을 선택해서는 안 돼. 그렇게 몇 해 지내다 보면 주변 친구들이 사라지고, 또 몇 해 더 지내다 보면 애인이 없어지지. 어린이날, 어버이날, 추석, 설, 크리스마스… 이런 날 가족들과 같이 보내는 건 포기해야 돼.

솔직한 이 이야기를 듣고도 공연기획 일을 과감히 선택할 수 있다면 그 사람은 정말 대단한 사람이다. 공연에 미친 사람이고 용기도 있는 사람이다. 인정한다. 이렇게 할 수 있는 사람이 당신이라면! 진정 그렇게 할 수 있다면! 잠시 책 읽기를 멈추시고 제게 연락 주세요.

이렇게 악조건 가득한 힘든 일이어도 분명 괜찮은 일이 될

재미는 있어. 근데 힘들어. 밤새는 일도 많고 지방 출장도 잦아. 빨간 날 쉬지 못하는 건 다반사고. 그렇다고 돈을 많이 벌지도 못해. 휴일에 가족들과 시간을 보내는 것도 당연히 포기해야 돼.

수 있다. 그에 대한 보상이 충분하다면 아주 큰 문제는 되지 않을 것이기 때문이다. 그런데 공연의 흥행에 따라 회사 상황이 크게 요동치는 공연제작사의 특성상 보상 약속은 지켜지기 어려운 게 현실이다. 이러한 이유는 사실 너무도 명확하다. 공연 시장의 크기가 너무나 작아서이다. 해결 방안 또한 명확하다. 공연 시장의 크기가 커지면 된다.

구체적인 수치를 굳이 언급하지 않아도 공연 시장의 크기는 영화나 OTT 시장에 비해 턱없이 작다. 성공 가능성 또한 적기 때문에 투자금이 투입될 우선순위에서 밀리는 건 자연스러운 시장 논리다. 이러한 문제를 국가에 해결해 달라고 건의하기엔 설득할 근거가 부족하다. 방법이 있었다면 누군가가 했겠지. 아니다, 있어도 못했을 거다. 국내 영화 시장의 경우 CJ와 롯데 같은 대기업이 이끄는 데 반해 공연 시장에는 그만큼의 힘과 지위를 가진 기업이나 단체가 없다. 그러니 그만큼의 힘이 있을 리 없다.

내일은 내일의 태양이 뜰 거야

그렇다고 가만히 있기에는 너무 무기력해 보인다. 공연이라는 것이 우리가 삶을 살아가는 데 꼭 필요한 요소로 인식될 만큼의 가치 있는 콘텐츠가 된다면 어제보다 더 나은 오늘, 오늘보다 더 나은 내일을 기대할 수 있다.

공연을 통해 삶의 질이 나아질 수 있음을 사람들이 인식하도록 해야 한다. 그러면서 점차 시장의 크기를 조금씩 키워야 한다. 이건 분명 기획자들이 해야 할 일이다. 그렇기에 공연기획자들은 자연스레 사회적 책임감을 가져야 한다. 내가 존경하는 선배님들에게 그런 이야기를 들으며 성장한 만큼, 동일한 이야기를 후배들에게 전하면서 그렇게 그 누구도 부여해 주지 않은 사회적 책임감을 인식하며 일하고자 한다.

그동안 선배님들께 들었던 이야기들을 정리해 보면 이렇다.

1. 공연기획자들은 시장에 좋은 콘텐츠를 내놓아야 한다. 우리가 기획하고 제작하는 작품이 누군가의 생각과 행동, 삶에 영향을 줄 수 있기 때문이다. 그리고 관객이 지금 이 공연을 자신의 주변 사람들과 함께 보고 싶도록 해야 한다. 아버지가 자녀들과 함께 오고 싶은 공연, 자녀들이 부모님을 모시고 함께 보고 싶은 공연 등 남녀노소 누구나 즐길 수 있고 공감할 수 있는 공연을 많이 기획하고 제작해야 한다.

2. 공연기획자들은 공연에 참여하는 예술가들을 맹목적으로 존중해야 한다. 우리가 커다란 식당을 멋지게 만들었다고 하더라도 제공되는 음식이 형편없으면 의미가 없다. 식당 사장이 셰프를 존중하는 마음으로 앙상블을 만들기 위해 노력해야 셰프의 초능력을 이끌어 낼 수 있다. 이처럼 기획자는 예술가를 맹목적으로 믿고 그들이 예술성을 다양하게 펼칠 수 있는 기회를 제공하고자 노력해야 한다. 100명의 예술가가 있다면 100가지가 아닌 수백, 수천 가지의 예술적 가치를 만들어 낸다. 이 수백, 수천 가지의 예술 콘텐츠를 우리 주변에 널리 퍼뜨려 관객들에게 즐거움과 위로를 폭넓게 전하는 것. 이게 우리 일이다.

3. 공연기획자들은 시장의 확대를 주도하고 확대의 결과를 공유해야 한다. 시장의 크기를 주도하는 것은 기획자 집단이어야 한다. 우리가 체감하지 못해도 멈춰서는 안 된다. 언젠가 앞선 기획자들의 노력으로 인해 달콤한 결과들을 얻게 된다면 그것을 함께하는 예술가 집단(배우들, 스태프들)과 공유하여 우리 모두의 삶이 조금이라도 나아지고 있음을, 그래서 우리 기획자들이 역할을 다하고 있

음을 끊임없이 보여 주어야 한다.

나는 그저 배운 대로 할 뿐이다. 아직 더 좋은 이야기와 사상, 삶의 방향을 만나지 못했기에 내가 옳다고 믿는 지금의 이 이야기들을 굳건히 지키면서 살고자 한다. 어제도, 오늘도, 내일도.

무대를 만드는 사람들

소품디자이너

고정된 무대와 배우들이 입는 의상 외에도 공연에는 여러 소품이 필요하다. 시중에서 구할 수 있는 물건은 그냥 구매하면 되지만 쉽게 구할 수 없는 물건은 별도로 제작을 해야 한다. 소품디자이너는 이처럼 공연에 맞는 여러 소품을 설계하고 제작하는 역할을 한다. 특히 시대적 배경이나 공간의 특성을 드러내야 하는 공연의 경우 소품디자이너의 역할이 매우 중요하다.

5장

OTT가 부럽긴 합니다만

어머니는 음식을 정말 잘하신다. 나는 중고등학교 시절 도시락을 싸서 다니던 세대인데, 점심시간이 되면 친구들이 다 내 주변으로 모여들었다. 아, 다시 생각해 보니 내 주변으로 모인 게 아니다. 어머니가 싸 주신 내 도시락을 중심으로 모여들었으니까.

"이상하게 요즘에 계속 음식이 짜진다…."

얼마 전 부모님 댁에 갔을 때 어머니께서 만드신 간장게장을 입에 넣자 맛이 어떠냐 물으시며 내게 하신 말씀이다. 어머니 말씀을 듣고 보니 이전보다 조금 짠 것 같기도 했다.

"아이고, 우리 엄마가 해 주신 간장게장이 제일 맛있지요!"

힘차게 얘기했다. 조금 짠 듯했지만 지금 그게 우리 엄마의 진심이고 최선이니까. 그러니 내가 맛있게 느낀 것도 진심이다. 짠 건 짠 거고 정말 맛있었다.

이렇게 편한 세상에서

간편식이 워낙 잘 나오는 세상이다. 냄비에 붓고 끓이기만 하면 된다. 심지어 그것까지도 필요 없다. 윗부분만 조금 찢어 전자레인지에 몇 분만 돌리면 김치찌개, 북엇국, 사골곰탕, 육개장이 완성된다. 간편함을 감안하면 전문점에 비해 크게 뒤떨어지지 않는 맛이다.

그러나 아무리 이런 음식들이 맛있어도 엄마가 만든 음식을 넘어설 수는 없다. 엄마가 만든 음식에는 사람의 시간과 감정이 함께 들어 있기 때문이다. 엄마가 우리를 위해 뜨거운 가스레인지 앞에서 무언가를 펄펄 끓이며 보내신 그 시간과 정성. 이 감정만 가지고도 책 한 권은 족히 쓸 수 있지 않을까.

만약 엄마가 만든 김치찌개를 100번 먹어 봤다면 그 100번의 맛은 분명히 다 다를 것이다. 김치의 익힘 정도, 물의 양, 양념의 양이 모두 같을 수가 없기 때문이다. 물과 양념을 계량한

엄마의 음식이 맛있는 건 엄마가 만들었기 때문이다. 단지 그 이유로, 엄마의 음식은 그 이상의 가치를 지닌다. 엄마가 가족을 위해 정성을 담아 만든 음식은 사랑의 표현이고, 엄마가 만든 음식도 사랑이다.

다고? 그래도 절대 같을 수 없다. 김치의 익힘 정도를 동일하게 맞추는 건 신의 영역이다. 아마 신도 못할걸? 여기서 내가 하고픈 말은, 미각은 음식을 만든 사람의 정성과 시간에 통제된다는 것이다. 문화 콘텐츠를 즐길 때 느끼는 감동도 이와 다르지 않으리라고 믿는다.

지금의 콘텐츠 세상은 분명 볼 게 넘쳐나는 시대이다. 내 ROTC 동기인 절친은 넷플릭스, 디즈니+, 티빙, 쿠팡플레이, 애플TV+까지 총 다섯 개의 OTT를 구독한다고 한다. 재밌는 게 너무 많다면서. 낙지볶음을 입에 넣고 오물거리며 아무런 의도 없이 이런 말을 했다.

"이거 다 구독해도 한 달 구독료가 네 공연 티켓 한 장 값보다 저렴해."

결코 틀린 말이 아니기에 뭐라 할 얘기가 없었다. 섭섭하다고 하기엔 자존심이 상했다. 수많은 영화와 시리즈형 드라마를 제한 없이 볼 수 있는 가격이 그 정도라니 부럽기도 하다. 전 세계에 노출되기에 톱스타들이 몰리고, 그러니 더더욱 사람들이 모이는 선순환도 부럽다. 하지만 부러움을 넘어 앞으로 내가 만드는 공연의 티켓 가격을 어떻게 책정해야 하는지, 어떻게 관객들에게 만족감을 드릴 수 있을지에 대한 고민도 물론 필요하다.

공연에서만 느껴지는 매력

그래도 나는 공연이 좋다. OTT가 따라올 수 없는 특징이 있기 때문이다. 내가 생각하는 공연만의 중요한 특징을 꼽아 보면 다음과 같다.

1. 현장에서의 울림과 감정의 공유

이건 긴 설명이 필요 없다. 현장성은 OTT가 공연을 절대로 이길 수 없다.

2. 장면과 시선의 선택권

당연히 TV가 류현진과 김하성을, 손흥민과 김민재를 훨씬 더 크고 선명하게 보여 준다. 하지만 우리가 야구장에, 축구장에 직접 가서 경기를 보는 이유는 분명하다. 위에 언급한 현장성의 감동을 느끼고 싶고, 내가 보고 싶은 장면을 선택해서 보고 싶어서다. 카메라가 선택한 장면을 볼 수밖에 없는 매체의 특성과 약점을 극복하는 방법은 직접 현장에 가서 보는 것이다. 공연처럼.

가끔은 동일한 공연을 여러 번 보는 관객들도 계시다. 보고 싶은 장면을 직접 선택하다 보니 자신이 보지 못한 장면과

즐기는 이들을 정면에 두고 라이브로 이루어지는, 무척이나 위험하고 불안한 상황에서 안정과 감동을 만들려는 인간의 노력을 눈앞에서 보는 것이 공연이다. 나는 이런 공연을 사랑한다.

타 인물, 타 상황 등에 대한 궁금증을 해소하기 위해 다시 관람하시는 것이 아닐까? 난 그렇게 생각한다.

3. 누군가와 함께 본다는 것

기차를 타고 어딘가에 가는데, 약 두 시간을 혼자 간다고 가정해 보자. 무던한 사람들은 그렇지 않겠지만 어떤 사람은 두려움이나 외로움을 느낄 수 있다. 이런 감정의 공통점은 '불편함'이다. 반대로 여럿이 함께 타고 갈 때의 안정감과 편안함 같은 것들도 분명히 있다. 이렇게 같은 공간에서 정면의 상황에 대한 감정과 감동을 누군가와 함께 경험하는 것은 OTT처럼 개인적인 감상에서 오는 감동과는 분명히 다른 느낌을 전달한다. 개인적 감상으로 인한 감동이 나쁘다는 것이 아니라, 그것과는 다른 감각을 자극할 만한 또 다른 즐거움과 재미가 공연에 있다는 점을 말하고자 한다.

4. 몰입해야 한다는 의무감

모든 콘텐츠는 보는 사람을 몰입시키기 위해 노력한다. 그러나 OTT를 통해 콘텐츠를 보는 시청자는 몰입에 대한 부담이 덜하다. 다음에 원하는 곳을 다시 보면 되니까. 반복 시청

하는 데에 비용이 발생하지 않는 구조이기에 그렇다. 그러나 공연은 다르다. 지나가면 끝이고 흘러간 걸 다시 되돌릴 방법은 없다. 다시 보는 것도 옳은 답이 아니다. 다시 볼 때의 장면이 내가 놓친 장면과 동일할 확률은 0퍼센트에 가깝다. 공연의 모든 장면은 인간이 움직이고 얘기하고 노래하며 만들어 낸 산물이다. 인간은 기계가 아니기에 한번 놓친 장면은 앞으로 다시는 볼 수 없다. 공연장에 온 관객분들은 무의식적으로 이 특성을 알고 있기에 몰입하고 집중한다. 그렇게 몰입하며 즐기는 감동이 멍하니 앉아서 보는 감동과 다를 것이라는 건 설명이 필요치 않다.

나는 이런 특성을 지닌 공연을 사랑한다. 다른 장르보다 제한된 여건 안에서 무언가를 만들어 내야 하는 상상력과, 그 상상력을 이끌어 내기 위해 필요한 동력이나 스트레스까지 모두 사랑스럽다. 즐기는 이들을 정면에 두고 라이브로 이루어지는, 무척이나 위험하고 불안한 상황에서 안정과 감동을 만들려는 인간의 노력을 눈앞에서 보는 것이 공연이다. 거친 파도를 맞아 흔들리는 배 위에서도 중심을 잡으려 노력하는 동시에 목적지까지 나아가고자 노 젓기를 멈추지 않는 용기가 바로 공연이다.

대기업들이 아무리 이 세상의 백년식당 음식들을 공산품으로 내어놓더라도 결코 그 음식들이 우리 엄마의 음식 맛을 따라올 수 없는 것처럼, 만드는 과정과 가치, 무대만이 갖는 매력을 오롯이 잘 담아내면서 오래도록 공연의 매력을 전파하며 살고 싶다. 예술가분들과 함께, 관객분들과 함께, 공연과 함께.

무대를 만드는 사람들

마케팅홍보팀

마케팅과 홍보는 그 영역이 커서 개인이 아닌 팀으로 구축되는 것이 일반적이다. 마케팅홍보팀은 공연의 언론 홍보 및 SNS 노출 등을 담당하며, 관객을 유치하기 위한 마케팅, 프로모션 전략을 수립하고 예산에 맞춰 적절한 실행을 주도한다. 해당 공연의 광고를 위한 매체를 확보하거나 그 매체들과의 인터뷰 등 다양한 방법을 통해 공연을 알리고 관객들의 관심을 불러일으키는 역할을 한다.

6장

필요한 사람이고 싶다

모 작곡가로부터 2016년 의정부 음악극 축제에 나가 보자는 제안을 받았다. 친한 대학 선배에게 나를 소개받았다는 그녀는 현대음악과 국악이 적절히 믹스된 독특한 음악으로 뮤지컬 공연을 만들어 보자고 이야기했다.

함께 보내 온 데모 음악을 듣자마자 욕심이 났다. 그녀가 글과 음악 부분을 추진하기로 하고, 우리 팀이 기획과 행정, 배우 섭외 및 연습 진행을 담당하기로 했다. 당연히 목표는 1등이었으나 최종적으로 3등, 우수상을 수상했다. 지금 생각하면 결코 나쁜 성적이 아니었는데 그녀와 나는 결과를 아쉬워했다.

당시 나는 지금보다도 더 철이 없었고 예술가들과 커뮤니케이션하는 방법을 잘 배우지 못했었다. (물론 지금도 부족하다.) 정확히 어떤 문제였는지는 기억나지 않으나 우리는 다퉜다. 서로가 서로를 부족하다고 탓하며 아쉬워했던 것 같다. 내가 선택한 무언가가 실책이었다고 이야기한 그녀가 미웠다. 그녀의 선택 중에도 내 마음에 들지 않는 부분이 있었고, 나도 그걸 언급했던 기억이 난다. 결국 홧김에 나는 이런 생각을 했다. '작곡가가 이 사람 하나뿐인가. 학교나 기관에서 일 년에 수백 명의 음악가가 나오는데, 당신이 아니어도 난 잘 해낼 자신이 있다.'

오만한 마음의 끝

이후 몇 년이 지났다. 한창 새로운 작품을 만드는 중이었는데, 음악 때문에 골치가 아픈 상황이 생겼다. 수십 분의 음악가들께 부탁해 데모 파일을 받았는데, 뭔가 작품에 잘 맞는다고 느껴지지 않았다. 다들 절대 부족하지 않은 음악인데 무언가가 결여되어 있다고 느껴졌다.

그때 나와 다툰 그녀가 생각났다. 가냘픈 외모와는 달리 강렬하고 호탕한 그녀라면 내 고민에 속 시원한 해결책을 줄 것 같았다. 직접 음악을 만들어 주든, 누군가를 소개해 주든, 아니면 받아 놓은 데모 파일 중 어울릴 법한 것을 골라 주든.

그녀에 대한 감정을 배제하고 음악만을 바라보니 자연스레 감정이 정리되었다. 무척이나 그녀의 음악이 고팠다. 그녀가 필요하다는 감정이, 그녀를 불편해하는 감정을 꾹 눌렀다.

기획자가 원하는 예술과 예술가를 얻으려는데 자존심이 어디 있어? 핸드폰에서 그녀의 번호를 찾아 통화 버튼을 눌렀다. 차단되어 있으면 어떻게 하지? 안 받으면? 문자나 카톡을 남길까? 그때 그녀가 전화를 받았다.

"아이고, 이게 누구십니까."

"감독님, 제가 오랜만에 연락드렸죠? 죄송합니다. 과거에 저랑 갈등이 좀 있었는데…. 많이 늦었지만 사과드려요. 제가 잘못했습니다."

"네? 뭐가요? 우리가 싸웠었나요?"

큰맘 먹고 사과를 했는데 그녀가 호탕하게 깔깔 웃었다. 기억을 못 하는 걸까, 아니면 그때 일을 싸움이 아닌 단순한 의견 충돌로 생각한 걸까. 사실 지금도 궁금하다. 사과할 때 너무나 낯간지러워서 말하지 못한 이야기가 있는데, 사실 난 이 말을 하고 싶었다. '당신 음악이 너무 그리웠어요.'

내게 영감을 주는 사람들

근 3년 만에 용기를 내 통화를 한 후 지금 우리는 서로 도움을 주고받으며 의지하는 관계가 되었다. 음악적인 조언이나 도움이 필요할 때면 난 그녀에게 연락하고, 그녀도 기획적인 측면에서 의견이 필요할 때면 내게 편히 연락한다. 한번 통화를 시작하면 한 시간 반 정도는 필요하기에 미리 핸드폰 배터리를 확인하고 통화하는 사이가 되었다.

나는 그녀의 음악과 멜로디가 좋다. 전문가가 아니기에 음악의 어디가 어떻게 좋은지 설명할 수는 없다. 하지만 그녀의 음악을 들으면 늘 편안하다. 2016년 당시 함께 만들었던 〈이양도〉 이후 아직 같이 만든 작품은 없지만 난 확신한다. 언젠가는 그녀와 함께 작품을 만들어 관객분들께 선보일 것이라고. 기획자로서 예술가인 그녀에게 책임감을 느끼고 있기에 그녀를 놓지 않을 것이다.

그녀 외에도 내게 영감을 주는 예술가들이 많다. 그들이 보여 주는 예술성은 내 마음속 기준점이 되었다. 그들의 예술성을 기준 삼아 나는 기획자로서 더 많은 상상과 기획을 하게 된다. 그들의 예술이 곧 내 기획의 재료이며, 상상의 근거인 것이다. 그러니 내가 그들을 어찌 책임지지 않을 수 있을까. 내게 예술적

그들의 예술성을 기준 삼아 나는 기획자로서 더 많은 상상과 기획을 하게 된다. 그들의 예술이 곧 내 기획의 재료이며, 상상의 근거인 것이다. 그러니 내가 그들을 어찌 책임지지 않을 수 있을까.

영감을 준 분들을 반드시 기억해야 한다고 굳게 생각한다.

아무도 내게 그래야 한다 말하지 않았고, 그렇게 해야 한다고 가르쳐 주지 않았다. 그 예술가들도 내게 자신들을 책임져 달라고 하지 않았다. 그러나 나는 혼자서 아무것도 할 수 없는 기획자이기에, 그들과 만나 새로운 무언가를 창작하며 서로가 서로에게 필요한 존재임을 느끼고 싶다. 그러려면 그들에게도 내가 필요한 존재가 되어야 한다. 내가 부단히 노력하는 삶을 살아 내야 하는 이유이다.

작곡가 겸 피아니스트 김려령 님 감사합니다.

무대를 만드는 사람들

안무가

춤이 필요한 뮤지컬 등의 공연에는 안무가가 참여한다. 안무가는 대본을 토대로 공연에 등장하는 모든 춤 동작을 구상해 배우들에게 지도하는데, 음악과 조화를 이루는 동선과 움직임을 만들어 각 캐릭터의 감정은 물론 작품의 이미지를 시각적으로 표현하는 역할을 한다.

에필로그

19년이라는 시간 동안 공연기획자로 살아왔고, 그 전문성을 인정받아 대학에서 학생들을 만난 지도 10년이 넘었다. 나름대로 변함없이 한 분야에 매진한다는 자부심과 소신, 자신감을 가지고 공연에 대한 이야기를 했지만 사실 나는 전문가가 아니다. 이렇게 말씀을 드리면 간혹 의아하게 생각하는 분도 계시다.

"아니, 공연으로 십수 년 밥 먹고사는 사람이 겸손하게 왜 그럽니까?"

겸손해서가 아니라 실제로 그렇다. 음악은 음악가가, 연기는 배우가, 표현은 연출가가 하는 일이다. 나 같은 기획자는 그냥 이분들을 얕고 넓게 아우르며 모두가 자기 일을 잘할 수 있도록 이끌어 갈 뿐이다. 굳이 말하자면 나는 전문가들과 함께 일하는 사람이다.

이 책을 쓰기 전, 공연과 함께 살아온 시간을 정리하고 그간 제작했던 작품들을 되짚어 보면 앞으로 나아갈 방향과 목표가 더 선명해질 수 있으리란 기대를 했다. 또 내 경험이 누군가에게 조금이라도 도움이 될 수 있으면 좋겠다는 소망도 있었다.

그러나 한 줄 한 줄 책을 써 나가면서 내 생각은 녹아 흩어졌다. 삶의 전부라고 생각했던 공연들은 저 멀리 있었고, 눈앞에 있는 것은 함께했던 동료들의 눈빛과 목소리였다. 그간 힘겹게 쌓아 왔다고 생각한 경험은 막상 펼쳐 보니 부끄럽기 짝이 없고, 그동안의 감정들은 사실 내게 도움을 주시던 분들께서 보내 주신 감동의 결합체였다. 공연을 통해 배운 점과 공연이 주는 감동, 그리고 공연이 얼마나 즐겁고 행복한 것인지를 이야기하고 싶었으나, 막상 내가 쓸 수 있는 건 주변 사람들의 이야기뿐이었다.

책을 쓰기 전과 확실히 변화한 것이 있다면 주변의 배우분들, 스태프분들, 관계사분들을 마주할 때의 감정이다. 한 분 한 분이 모두 보물 같고 선물 같다. 모두가 가족이며 인연이라고 느껴진다. 앞으로도 인간관계에서 이런 생각을 새기며 살고 싶다.

사람의 소중함을 이야기했지만, 나로 인해 상처 받으신 분들도 많으실 거라 생각한다. 진정으로 죄송한 마음뿐이다. 늘 겸손한 자세로 먼저 다가가 사과드리고 손 내밀도록 노력할 것이다. 부디 나아진 관계와 시간을 함께하고 싶다.

공연기획자는 대중의 관심과 사랑을 먹고사는 직업이다. 앞으로도 이러한 사회적 책임감을 인식하며 살아가고자 한다. 늘 세상의 다수가 살피지 못하는, 그러나 우리의 관심과 공감이 필요한 장면을 찾아 재밌고 좋은 공연을 만들어 관객분들을 만나고 싶다.

이 책을 읽은 독자분들이 어디에서든 공연을 보실 때, 무대 뒤 보이지 않는 어딘가에 공연기획자가, 그리고 수많은 사람의 피와 땀과 눈물, 열정이 있다는 사실을 떠올려 주신다면 저자로서 더 바랄 것이 없겠다.

이 세상을 조금이라도 행복하게 만드는 데 기여하겠다는 소망으로 지금까지 달려왔다. 앞으로 더 많은 분들과 공연으로, 책으로 만나 교류하고 싶다.

응원해 주시고 지켜봐 주세요. 저도 늘 당신을 응원하겠습니다. 감사합니다.

감사의 글

대중 앞에 정식으로 내어놓는 제 첫 책이다 보니 엄청나게 많은 분이 떠오릅니다. 부족한 제가 기획하고 제작하는 공연과 행사에 참여해 주신 모든 배우분과 스태프분께 진정으로 감사한 마음 가득합니다. 한 분 한 분 모두 성함을 거론하지 못해 죄송합니다. 다만 저와 함께해 주신 배우분들과 스태프분들 이외에 제가 공연기획자로 첫발을 내디딜 수 있도록, 그리고 여기까지 달려올 수 있도록 도와주신 분들께 감사의 말씀을 남기고 싶어 이렇게 적습니다.

제가 고등학생 시절, (어머니 몰래) 마음 편히 대학로 공연장, 콘서트장, 각종 행사장을 다닐 수 있게 보내 주신 존경하는 장성민 선생님, 고맙습니다. 제가 지금 일을 지속할 수 있는 건 제 공연기획의 철학과 가치 덕분이라고 생각합니다. 이 기초를 처음 심어 주신 고등학교 때 한문 선생님이신 이성희 선생님, 고맙습니다. 방황하던 대학 시절, 찾으려 노력해도 보일까 말까 하던 제 장점을 발견해 주시고 여러 행사와 이벤트를 믿고 맡겨 주셨던, 그래서 온전히 졸업할 수 있게 도와주신 숭실대학교 사회복지학과 노혜련 교수님, 고맙습니다. 대학원 시절 유쾌하고 명쾌하게 콘셉트와 콘텐츠에 대한 개념을 잡아 주신, 그리고 최종심 탈락의 수렁에서 동아줄을 내려 주신 이도훈 교수님, 고맙습니다.

"아무리 친하고 나이가 많이 어려도 배우 애들이라니! 존칭 정확히 하세요!" 꾸짖어 주신 홍상진 종합예술가님, 고맙습니다. "공연은 다 함께 만드는 겁니다, PD님! 배우들만 바라보지 마시고 전체를 보셔야지요!" 하며 혼내 주신 김규호 조명감독님, 고맙습니다. "성모야, PD는 스태프들을 감동시켜야 돼. 책임지는 게 다가 아니야." 조곤조곤 깊은 가르침을 주셨던 강정희 조명디자이너님, 고맙습니다. "프로듀서는 포커페이스가 되어야 해. 슬퍼도 표정에 드러내지 말고, 기뻐도 전체를 위해 감출 줄 알아야 해. 스태프들의 실수도 감싸 줄 수 있어야 하고, 잘되었을 땐 주변에 그 공을 돌릴 줄도 알아야 하고. 멋진 프로듀서이기 이전에 멋진 사람이 되길 바란다, 성모야." 지친 어깨를 두드리며 응원해 주신 신한빈 연출가님, 고맙습니다.

"멋진 직업, 멋진 성모." 하고 늘 외쳐 주시는 분. 제가 믿고 존경하는 선배님, 아니 선배, 아니 누나, 아니 다이내믹 그녀, 최나미 님, 고맙습니다. 제가 늘 좋은 선택을 할 수 있게 기준이 되어 주시고 앞으로 나아가는 데 길라잡이가 되어 주시는 선배님, 제 '사수' 서현승 프로듀서님, 고맙습니다. 당신의 소중한 작품으로 제가 시도하고 도전할 수 있도록 허락해 주신, 소설 〈국화꽃향기〉를 집필하신 김하인 작가님, 작가님과 함께하시는 도예가 정재남 선생님, 고맙습니다. 연극 〈보도지침〉의 기획과 제작을 허락해 주시고 응원해 주신 김주언 기자님과 김종배 선생님, 그리고 무엇보다 기획과 제 태도에 대해 애정이 깃든 따끔한 충고를 해 주신 고 한승헌 변호사님께 감사드립니다. 아무것도 없는 밭에 피땀 흘리며 함께 씨를 뿌려 주시고 일구어 주신 엘에스엠 컴퍼니의 초기 멤버, 한은정 님과 김수영 님, 고맙습니다. 무대에서 가장 빛이 나는, 아니 그냥 어디에 계시나 빛을 내시는 정영주 배우님, 그리고 그녀의 매니저이자 늘 혜안을 가진 업계 선배 황주혜 대표님, 고맙습니다.

공연기획자로서 제가 무척이나 괴로웠을 때 가장 먼저 달려와 나를 꼬옥 끌어안아 위로해 준 친구 곽노희 님, 고맙습니다. 늘 제게 현실을 인식시켜 주시며, 어떤 세상이 바람직한 사회인지 가르침 주시는 전상일 형님, 고맙습니다. 제가 하는 공연마다 늘 응원해 주며 할인 없이 정가의 티켓으로 관람하고 평가해 주는 무려 37년지기 진민혁 님, 고맙습니다.

저보다 훨씬 빨리 성장하고 발전하는, 제가 늘 아끼는 두 후배. 기획자로서의 그녀들의 삶은 부디 나보다 편안하고 더 행복했으면 하는 제 오른팔과 왼팔. 콘티의 강효미 님과 정수희 님, 고맙습니다. 교수와 제자에서 업계 선후배로, 나아가 지금은 한 작품에서 연출과 협력연출로(감사하게도 제가 고용당한 협력연출임) 만나고 있는 홍지우 님, 고맙습니다. 그리고 그녀의 소개로 무언가 함께 꽃피우게 할 창작진 이

진아 작가님과 조은영 작곡가님, 버뮤다 식구분들 모두, 고맙습니다. 당신이 만든 음악이 제가 듣는 뮤지컬 음악의 기준입니다. 한번 전화 통화를 하면 늘 1시간 30분을 채우게 만드는 작곡가이자 피아니스트인 동시에 기획자 김려령 님, 고맙습니다. 늘 저를 긴장시키는 분, 서로가 서로에게 긴장이 되는 사람이면 좋겠습니다. 오래도록 함께 발전하고 싶은 유병은 연출가님, 고맙습니다.

2025년 임관 20주년 기념 행사도 내가 기획하고 연출하게 해 줄 거지? 저를 늘 최고의 공연기획자라고 치켜세워 주는 ROTC 43기(동기회장 김현덕) 동기분들, 그리고 136 숭실대 ROTC 동기분들, 고맙습니다. 군 시절부터 지금까지 서로 응원하고 교류하며 웃음과 눈물을 함께 나누는 모임 '신선놀음' 김승민, 문전학, 서병철, 서성석, 서용진 님, 고맙습니다.

지금 강력하게 끈끈해진 업계 후배들이지만 영원히 병렬로 나란히 만나 대화하며 함께 작품을 하고픈 세 예술가 여인. 김민지 작가님, 이혜수 작곡가님, 진소윤 연출가님, 그리고 이제 곧 뜨겁게 함께할 뮤지컬 〈켈로〉 팀, 고맙습니다. 제가 늘 튼튼한 몸과 마음을 유지할 수 있도록 도와주시는, 함께 운동하는 아이스하키팀 하이퍽스(감독 이지섭, 주장 이현석)와 팀본(감독 및 주장 장세원), 그리고 제 하키 인생의 레전드 이호정 감독님, 모두 고맙습니다.

늘 언제 한번 찾아뵈어 감사 인사를 드릴까 고민했는데, 뜻하지 않게 먼저 하늘로 가셔서 방법을 찾지 못하고 있었습니다. 그래서 어딘가에 글로 새겨 둘 수 있는 이 기회가 너무나 기쁩니다. 2016년 가장 힘들었던 시기에 제가 얼굴을 들 수 있게 해 주셔서, 용기를 낼 수 있게 해 주셔서 감사합니다. 진심을 담아 감사 인사 남깁니다. 고 홍기유 대표님, 진심으로 존경하고 존경합니다.

마지막으로, 구체적으로 단 몇 글자라도 적다 보면 눈물이 왈칵 날 것 같은 아버지와 어머니, 그리고 저에게 가장 소중한 두 사람, 고맙습니다.